DU
CONTRE-POINT
ET DE
SON ENSEIGNEMENT

CONSIDÉRÉS EN EUX-MÊMES ET DANS LEURS RAPPORTS
AUX ÉTUDES DE LA COMPOSITION MUSICALE.

DE LA NÉCESSITÉ DE BASER LES FORMES DANS L'ÉTUDE DU CONTRE-POINT SUR LES RICHESSES
DE L'HARMONIE ET DE LA MÉLODIE MODERNES — ACCORDS, MODULATIONS, NOTES
ACCIDENTELLES, RHYTHME — SANS EXCLURE L'ÉTUDE DU STYLE SÉVÈRE,
RIGOUREUX, DU CONTRE-POINT ALLA PALESTRINA
ET DE LA FUGUE ANCIENNE.

PAR P. MALEDEN.

« Ne peut-on donc émettre, en musique, de nouvelles
« formes mélodiques ou harmoniques sans encourir le
« blâme des sévères conservateurs de la science?......
« ...... Nous ne sommes plus au temps où un compo-
« siteur instruit ne voit dans la marche et l'arrangement
« des parties selon la règle, que des effets produits par la
« préparation et la résolution des dissonances........
« Je rappellerai l'époque où la tonalité a conquis ses
« droits..... Aujourd'hui, la force tonale est tout.....»
PERNE, *Revue musicale* de M. FÉTIS.

PRIX NET : 2 FRANCS.

PARIS

CHEZ BERNARD LATTE, ÉDITEUR DE MUSIQUE,
BOULEVARD DES ITALIENS.

CHEZ JULES LABITE, ÉDITEUR,
QUAI VOLTAIRE.

CHEZ L'AUTEUR, PROFESSEUR DE COMPOSITION,
RUE SAINTE-CROIX-D'ANTIN, 17.

1844

DU
CONTRE-POINT
ET DE
SON ENSEIGNEMENT.

IMPRIMERIE DE HENNUYER ET TURPIN, RUE LEMERCIER, 24.
Batignolles.

DU

CONTRE-POINT

ET DE

SON ENSEIGNEMENT

CONSIDÉRÉS EN EUX-MÊMES ET DANS LEURS RAPPORTS
AUX ÉTUDES DE LA COMPOSITION MUSICALE.

———

DE LA NÉCESSITÉ DE BASER LES FORMES DANS L'ÉTUDE DU CONTRE-POINT SUR LES RICHESSES
DE L'HARMONIE ET DE LA MÉLODIE MODERNES — ACCORDS, MODULATIONS, NOTES
ACCIDENTELLES. RHYTHME — SANS EXCLURE L'ÉTUDE DU STYLE SÉVÈRE,
RIGOUREUX, DU CONTRE-POINT ALLA PALESTRINA
ET DE LA FUGUE ANCIENNE.

PAR P. MALEDEN.

« Ne peut-on donc émettre, en musique, de nouvelles
« formes mélodiques ou harmoniques sans encourir le
« blâme des sévères conservateurs de la science?......
« ...... Nous ne sommes plus au temps où un compo-
« siteur instruit ne voit dans la marche et l'arrangement
« des parties selon la règle, que des effets produits par la
« préparation et la résolution des dissonances........
« Je rappellerai l'époque où la tonalité a conquis ses
« droits..... Aujourd'hui, la force tonale est tout....»

PERNE, *Revue musicale* de M. FÉTIS.

———

PRIX NET : 2 FRANCS.

———

PARIS

CHEZ BERNARD LATTE, ÉDITEUR DE MUSIQUE,
BOULEVARD DES ITALIENS.

CHEZ JULES LABITE, ÉDITEUR,
QUAI VOLTAIRE.

CHEZ L'AUTEUR, PROFESSEUR DE COMPOSITION,
RUE SAINTE-CROIX-D'ANTIN, 17.

———

1844

AVANT-PROPOS.

Ce petit ouvrage est écrit depuis quatre ans environ. Pensant, à tort, que la matière qu'il traite pouvait intéresser les journaux de musique, je l'offris à la *Gazette musicale*, qui le refusa tout d'abord sur le simple exposé de ce qu'il contenait et la vue de son volume. Plus tard, je l'offris à la *France musicale*. Le manuscrit resta plusieurs mois dans le bureaux de ce journal en 1842, et me fut ensuite rendu sans insertion. Dernièrement, lorsque M. Fétis, auquel j'avais parlé de mon manuscrit il y a deux ans, annonça dans la *Gazette musicale* du 6 octobre 1844, n° 40, qu'il allait traiter du *Contre-point dans ses rapports avec la musique actuelle*, je désirai prendre rang comme ayant écrit sur cette question, et je m'adressai à la *France musicale*. Aucune difficulté ou altercation survenue entre la direction et moi n'avait banni de nos rapports la politesse et les égards, et n'aurait pu les bannir au moins de ma part; mais ces rapports, il faut le croire, ne m'avaient pas conduit à ce point de crédit de pouvoir obtenir l'insertion d'une lettre de quelques lignes où je demandais purement et simplement à prendre rang dans la question du contre-point. Cette insertion, formellement promise d'abord, et promise ensuite trois fois à travers trois semaines consécutives, au moment où il paraissait intéressant de l'obtenir, a été ajournée indéfiniment par je ne sais quelle influence, au mépris d'une sorte de droit des gens.

Je publie donc ce petit ouvrage ; je le publie tel qu'il a été composé il y a quatre ans, je n'ai rien changé à sa rédaction. Je sais que la critique, si elle me fait l'honneur de s'en occuper, fera sa synthèse et devra chercher les éléments de ses jugements dans le mouvement de la science qui s'est manifesté jusqu'à ce jour dans les cours, les polémiques, les ouvrages publiés. J'en accepte les conséquences, et je suis d'autant plus disposé à me soumettre à ses justes décisions.

Je proteste de mon respect, de ma vénération pour les noms célèbres que la discussion amène sous ma plume. Je n'ai jamais mieux senti qu'en écrivant ces pages la justesse de ce mot de Rousseau : « Sem-« blables à ces enfants drus et forts d'un bon lait qu'ils ont sucé[1] et « qui battent leur nourrice. »

L'article que M. Fétis vient d'écrire dans la *Gazette musicale*, n° 47, sous le titre de : *Considérations sur l'étude du contre-point dans ses rapports avec la musique actuelle*, traitant le même sujet que j'ai traité, quoique à des points de vue différents, j'ai dû le considérer dans ses rapports avec mon écrit, et je l'ai fait tacitement dans le mode que l'on verra ci-après, parce que la *Gazette musicale* est entre les mains de tous ceux qui sont au fait de ces matières. MALEDEN.

Paris, 25 novembre 1844.

_____

[1] J'ai reçu des leçons et des conseils pour la direction de mes études, successivement de Reicha, de M. Fétis, et plus tard, de Gottfried Weber.

INTRODUCTION.

————

Au moment où j'achevais de transcrire ces pages, je lisais, dans le numéro 47 de la *Gazette musicale*, sous la date du 20 novembre 1842, la huitième lettre de M. Fétis, directeur du Conservatoire de Bruxelles, sur la musique en Italie; elle renferme les lignes suivantes :

« Les savants harmonistes qui se sont succédé dans l'enseignement
« de la composition à Bologne, y ont formé des élèves assez nombreux
« pour que l'école de cette ville se considère comme plus savante que
« celles des autres villes d'Italie. Cette bonne opinion de leur savoir se fait
« apercevoir par une teinte de pédantisme et de dédain dans la conver-
« sation de quelques-uns des musiciens bolonais que j'ai connus.
« Rossini[1] toutefois ne paraît pas être persuadé de cette supériorité
« qu'ils s'attribuent; car, *voulant rajeunir l'enseignement de cette partie*
« *importante de l'art qu'on appelle le* CONTRE-POINT[2], il a jeté les yeux
« sur Mercadante, qui d'abord avait accepté les propositions qui lui
« étaient faites pour le fixer à Bologne, mais qui, séduit ensuite par les
« avantages qui lui étaient offerts à Naples, a résilié l'engagement con-
« tracté avec Rossini. Au moment où j'étais à Bologne, le célèbre maî-

.

[1] « Rossini a bien voulu se charger de réorganiser le Lycée musical de Bologne, et
« d'y améliorer le système des études. »
[2] Voir la note de la page 34.

« tre se plaignait de ne pouvoir trouver en Italie , à défaut de Merca-
« dante , d'homme qui réunît les qualités nécessaires pour remplir
« dignement les fonctions de maître de composition. Il est vrai que
« ce qu'il désirait n'est facile à trouver ni parmi ses compatriotes ni ail-
« leurs. *Rossini a conservé un pénible souvenir de l'enseignement empiri-*
« *que de Mattei, auquel il fut soumis dans sa jeunesse ; il n'accepte pas la*
« *tyrannie des traditions d'école, et veut avec raison qu'on explique la*
« *règle.* Or , le peu de maîtres qui se trouvent encore en Italie n'ont
« que des traditions mêlées de beaucoup de préjugés ; ils sont incapa-
« bles de formuler une théorie. »

On conçoit sans peine qu'à la lecture de cette communication inat-
tendue , frappé de la coïncidence des idées de Rossini sur l'enseignement du contre-point avec celles que mon titre résume , et mesurant
tout ce que leur expression apporte de fortune et d'autorité imposante
dans ma cause, je dus m'empresser de transcrire ces lignes [1].

[1] Voir la *Gazette musicale* du 24 novembre 1844 , numéro 47, page 387, première
colonne, ligne 8; page 388, première colonne, ligne 28; pages 389 et 390.

DU
CONTRE-POINT

ET DE

SON ENSEIGNEMENT,

Considérés en eux-mêmes et dans leurs rapports aux études de la composition musicale.

> « ¹ Ne peut-on donc émettre, en musique, de nouvelles
> « formes mélodiques ou harmoniques sans encourir le
> « blâme des sévères conservateurs de la science ?......
> « ...... Nous ne sommes plus au temps où un compo-
> « siteur instruit ne voit dans la marche et l'arrangement
> « des parties selon la règle, que des effets produits par la
> « préparation et la résolution des dissonances........
> « Je rappellerai l'époque où la tonalité a conquis ses
> « droits..... Aujourd'hui la force tonale est tout..... »
> PERNE, *Revue Musicale* de M. FÉTIS.

Je ne me propose point de traiter ici de la nécessité d'étudier ce qu'on appelle en musique la science, c'est-à-dire l'art d'écrire ; je n'ai pas non plus pour objet de critiquer la marche ordinaire de l'enseignement de cette science et les méthodes et procédés employés pour ses diverses parties : j'ai pour but d'attirer l'attention sur ce point, que les prohibitions et restrictions imposées dans les études du contre-point, de l'imitation et de la fugue éloignent un grand nombre d'élèves de ces études *; que ces prohibitions devraient être proclamées assez haut, assez fort, ce qu'elles sont le plus souvent, c'est-à-dire purement disciplinaires dans leurs rapports à l'enseignement de la composition en général ; enfin que les études de contre-point doivent être refaites sans ces prohibitions après que l'on s'est soumis une fois à leur discipline.

Cependant, convaincu que je suis que l'enseignement ordinaire bien réglé, notamment celui des classes du Conservatoire de Paris, peut produire et produit tous les jours de bons résultats, je veux aussi déterminer cette conviction dans l'esprit des jeunes élèves et les engager à suivre avec confiance, malgré ses restrictions, cette doctrine comme moyen de se donner à eux-mêmes en temps opportun un enseignement plus large, plus étendu, en attendant qu'il en soit offert un perfectionné dans son esprit, dans ses procédés, sur un terrain plus fertile et moins avare de matière.

¹ *Gazette musicale* du 24 novembre 1844, page 387, première colonne, ligne 2 ; page 388, première colonne, ligne 28.
² *Gazette musicale*, page 288, deuxième colonne, ligne 26.

Je voudrais ramener sous la bannière de tel ou tel professeur ou auteur ceux qui l'ont quittée ; je voudrais affermir , confirmer sous cette bannière ceux qui seraient tentés de la quitter : le meilleur moyen d'exciter la confiance, c'est de discuter avec bonne foi les avantages réels de ces doctrines de restriction d'une part, et de l'autre de faire de solides objections contre cette sorte de *statu quo* des écoles. La confusion qui règne en cette matière et dans les choses et dans les mots me fait une loi d'assigner, autant que possible, à chaque mot son sens , à chaque objet sa place ; je ferai plus souvent l'histoire que la loi, je serai plus souvent le témoin que le juge.

Deux objets, dont je parlerai souvent, domineront cette discussion ; ce sont la matière, les matériaux harmoniques, et la forme ou les formes mélodiques dans quelques genres de composition.

[1] A la lecture d'un traité de contre-point tel que ceux de Fux, du père Martini, de M. Fétis, de M. Cherubini [2], ou à l'audition des premières leçons d'un professeur de contre-point, un élève que je supposerai instruit dans le chant, le jeu d'un instrument et l'harmonie [3], un pianiste surtout, habitué aux formes de la musique moderne, est saisi de l'étonnement le plus profond à l'aspect des règles, prohibitions, restrictions que l'on lui propose de suivre et surtout de la matière qu'il lui faut mettre en œuvre. Aux effets si riches, si variés des accords, des successions et des modulations que l'on lui a enseignés et surtout qu'il a observés, aux mélodies expressives qui résultaient de leur travail, à la vie, au coloris de la musique qu'il a jusqu'alors entendue, succèdent une modulation pâle, des formes étranges, un fantôme de musique dont la mission semble être de lui faire perdre à chaque pas toute foi en sa propre expérience, et de combattre constamment sa fantaisie et son espoir. Après quelques luttes avec cette autre chimère, après quelques efforts pour deviner le sphinx , l'élève fatigué fuit, laissant là le monstre et ses énigmes.

Ou bien, plus courageux, plus fort, il s'engage à suivre cet étrange guide, mais au moins lui demande-t-il la raison de ses prescriptions. Plus il s'informe, médite, compare, plus il rencontre de motifs et de raisons qui le confirment dans ses doutes, dans sa défiance : il conclut qu'il faut mépriser cette autre science; que l'étude du contre-point et de la fugue est inutile, dangereuse, mortelle au génie : erreur funeste, erreur qui entraîne à leur perte plus de talents, qui flétrit plus de couronnes que n'en firent naître jamais la chaleur, l'inspiration la plus vive du génie.

Sous l'influence de ces élèves qui se sont trompés, cette opinion s'accrédite dans le public. C'est elle qui inspira aux journalistes et aux gens du monde les déclamations oiseuses et banales contre la science en musique, et à des

---

[1] *Gazette musicale,* page 388, deuxième colonne, ligne 26.

[2] Ceci était écrit avant la mort de l'illustre maître ; j'ai cru pouvoir, encore à cette heure, ne rien changer à la rédaction de ces pages.

[3] *Gazette musicale.,* page 389, première colonne, lignes 17, 18, 19.

hommes de grande valeur d'ailleurs des écrits profonds, mais où peut-être l'état de la question n'est pas bien saisi. Une polémique entre M. d'Ortigue et M. Fétis a eu lieu, à son sujet, dans la *Revue musicale*; divers articles de journaux de MM. Fétis, Delaire, de M. Stœpel et particulièrement de M. Halevy, sur le traité de contre-point de M. Cherubini, ont été écrits pour la combattre.

Il me semble que, jusqu'aujourd'hui, la question n'a pas été envisagée sous son véritable aspect. Je pense que, pour concilier les opinions, il n'était besoin que d'une discussion franche, impartiale sur le contre-point, et en particulier sur l'un de ses genres, le contre-point *alla Palestrina*. Il s'agit de le mettre à sa place, de le définir nettement comme genre, sous le rapport esthétique et technique ; enfin, comme exercice d'école—auquel cas, il est altéré dans son essence par les traités modernes de contre-point.—Ce travail n'a jamais été fait, que je sache, ou au moins avec des développements suffisants : les raisons qui me semblent s'y être opposées sont peut-être des intérêts d'amour-propre d'auteur d'une part ; de l'autre, les craintes pour ainsi dire hiérarchiques des professeurs du Conservatoire ; enfin, les terreurs artistiques des zélateurs aveugles du contre-point.

[1] J'ai parlé des doutes, des embarras, des perplexités de l'élève, supposé harmoniste, aux abords de l'étude du contre-point ; voici les motifs principaux qui les font naître : je discuterai chacun d'eux, après l'avoir signalé.

D'abord, le sens confus, variable du mot contre-point, et la confusion et les contradictions qui naissent dans l'esprit de l'élève de l'emploi, dans diverses circonstances, d'un mot d'acceptions si variables ; le combat continuel de ces acceptions faussées ou fausses et de tout l'être musicien de l'élève mis en présence de l'essence musicale de la plupart des traités de contre-point. Je m'explique.

Les uns font le mot *contre-point* synonyme de *composition*, sans restriction; de sorte que, dans cette acception, enseigner, étudier le contre-point, signifie enseigner, étudier la composition. Les circonstances où le mot contre-point est employé dans ce sens ne sont pas rares dans les écrits même de ceux qui sont auteurs de traités de contre-point, et même dans ces traités. Supposons un élève harmoniste, chanteur et instrumentiste [2] : au premier aperçu des doctrines ordinaires du contre-point, soit dans le livre, soit dans la parole du maître, s'il prend, lui élève, le mot contre-point pour synonyme de composition, il se détournera, disant : la composition enseignée ici n'est pas celle que je soupçonne, que je conçois et que je veux. Que le sens du mot composition soit faussé dans l'esprit de l'élève par l'usage vulgaire; que le maître restreigne ce mot à l'art d'écrire—et les traités de contre-point dits de composition ne renferment pas tout l'art d'écrire, bien loin de là—, peu im-

[1] *Gazette musicale*, page 388, deuxième colonne, ligne 26.
[2] *Ib.*, page 389, première colonne, lignes 17, 18, 19.

porte; il y a un fait, celui du dégoût de l'élève; je le raconte : je ne suis dans ce moment, qu'observateur.

A côté de cette acception donnée au mot contre-point, remarquons-en une toute contraire dans les phrases suivantes : «L'étude de la *composition* musicale « devrait donc toujours être précédée par celle du *contre-point*..... L'impor- « tance du *contre-point* dans toute *composition* musicale » (*Gazette musicale*, analyse du *Cours de contre-point et de fugue de M. Cherubini*, par M. Stœpel); dans celle-ci : « Le contre-point rigoureux...... ce qui amènera l'élève insen- « siblement à se rendre familier l'art de faire la fugue, qui est le fondement « de la composition » (*Cours de contre-point et de fugue*, par M. Cherubini). Tout à l'heure, le contre-point était la composition elle-même; à présent, c'est un acheminement insensible vers la fugue, base de la composition. Poursuivons sur la signification du mot contre-point : « L'objet ou le résultat « du contre-point est d'apprendre à donner à chacune des parties et à l'en- « semble de la composition les formes et les termes les plus convenables; « ainsi, l'on voit par là que le contre-point est absolument, par rapport à la « musique, ce qu'est à la peinture le dessin pris dans le sens le plus étendu; « cette comparaison est d'une rare exactitude. » (Choron, *Principes de com- position des écoles d'Italie*, livre II, page 20.) Ici encore, le contre-point est une partie de la composition, et non la composition elle-même; on croit que cette comparaison, qui est aussi une définition, est de Méhul : raison de plus pour balancer les autres acceptions du mot contre-point dans les esprits.

Quelquefois l'on entend, sous l'expression contre-point, l'art de conduire avec pureté et de faire chanter les diverses parties d'une succession harmo- nique, soit que l'on emploie ou non des notes accidentelles; dans ce cas, on fait abstraction de toute application de ce mot aux formes de l'imitation du canon et au contre-point double—tandis que, d'autres fois c'est toutes ces choses ou partie de ces choses que l'on entend par le mot contre-point. Cette acception du mot est désignée, dans les ouvrages allemands, par le mot *Stimmfuhrung*; Gottfried Weber (*Theorie der Tonsetzkunst*) donne, à ce sujet, des explications qui répondent aux mots texture, contexture; Reicha, Jelensperger, nomment ce fait réalisation. Tous les traités dits d'harmonie enseignent plus ou moins ce contre-point. C'est de lui que Catel veut parler, quand il dit, dans la préface de son Traité d'harmonie : « Je me suis donc pro- « posé, dans cet ouvrage, d'enseigner l'harmonie, en donnant les premières « notions du contre-point[1]. » M. Fétis le nomme, dans son Traité, contre-point *simple*; les Allemands aussi disent : *einfacher contrapunkt*, contre-point sim- ple. Il est à regretter que l'on n'ajoute pas toujours le mot *simple* partout où il le faudrait pour la clarté du sens ; et ceci a de graves conséquences.

[1] C'est dans ce sens que M. Fétis dit : « On ne peut écrire quelques mesures avec « élégance sans en faire usage, et celui qui en parle avec le plus de mépris en fait, « comme M. Jourdain faisait de la prose, sans le savoir. »—*La Musique mise à la portée de tout le monde*.

D'autres entendent, sous le mot contre-point, plus particulièrement la théorie du renversement des parties, c'est-à-dire de l'harmonie renversable ; dans ce cas, l'on dit souvent contre-point double, souvent aussi on ne le dit pas.

Je passe sous silence quelques acceptions du mot contre-point plus détournées, telles que celles-ci : *un* contre-point, *des* contre-points ; ce qui s'entend quelquefois du dessin d'une partie dans son rapport avec une ou plusieurs autres, dans une phrase, que les parties soient ou non renversables ; ou bien encore des traits d'harmonie renversable spécialement.

Enfin, l'on nomme souvent contre-point ou le contre-point un style, un genre de musique fixé par les compositeurs qui précédèrent plus immédiatement ceux qui établirent la tonalité moderne, genre dans lequel excellèrent les maîtres de l'école romaine, notamment Palestrina qui lui donna son nom. Ce genre, le contre-point *alla Palestrina*, sera surtout l'objet de notre attention dans cet écrit. Ajoutons que l'on nomme aussi contre-point, style sévère, style rigoureux, style d'école, style ancien, l'imitation plus ou moins fidèle, plus ou moins modifiée de ce style, soit dans des compositions, soit dans les exercices d'école.

Tant d'acceptions diverses ne sont rien moins que propres à donner à l'élève une idée juste du but et de l'essence du contre-point ; la connaissance la plus intime de certaines parties très-importantes de l'art, le chant, l'exécution instrumentale, l'harmonie, est très-souvent insuffisante pour que l'élève pénètre par l'analyse des œuvres les moyens et la fin du contre-point en général, et pour lui révéler ce que l'on a nommé si souvent ses *mystères*, c'est-à-dire ses procédés.

Au milieu de tant d'hésitations, mais surtout dans l'impossibilité de se donner une raison satisfaisante des restrictions que l'on impose dans les cours de contre-point à l'emploi des matériaux que lui ont fait connaître ses études de l'harmonie et de la modulation, les répugnances de l'élève sont également vives pour le contre-point envisagé comme but et comme moyen ; il n'est d'accord avec lui-même que sur un point : repousser à la fois et la matière et la forme.

Mais examinons les raisons données non pas *ex professo*, mais indirectement, sourdement, d'une manière peu explicite dans quelques écoles et quelques traités pour justifier l'emploi presque exclusif d'éléments harmoniques si pauvres dans l'étude du contre-point ; éléments dont la présence est un obstacle aux désirs les plus vifs de l'élève, et dont l'emploi, la mise en œuvre bornée encore s'oppose, ainsi que je l'ai dit plus haut, à l'élan de ses convictions artistiques les plus passionnées.

Quelquefois — rarement — on présente le contre-point à l'élève comme un genre de musique, un style jadis usité qu'il est bien de connaître, comme objet d'érudition, d'histoire, d'archéologie.

D'autres fois on attribue à ce genre de musique des qualités particulières esthétiques et techniques propres à certaines destinations, à certains usages ; ce contre-point, nommé style sévère, style ancien, contre-point *alla Palestrina*, — voyez ci-dessus — est celui qu'ont surtout pour objet le traité de Fux et la première partie du traité du P. Martini.

Ailleurs l'on nous dit que le contre-point n'est plus en usage, qu'il « n'est « aujourd'hui qu'une étude destinée à produire sur nos facultés musicales [1] « le même effet que ces semelles de plomb attachées aux pieds des coureurs « dans la gymnastique des anciens », qu'il n'est qu'une discipline sévère ; c'est ainsi que disent l'envisager M. Fétis et M. Cherubini dans leurs traités du contre-point.

Lorsque l'on entend par le mot contre-point l'art de composer les imitations, les canons, les contre-points doubles, on le présente comme introduction de la fugue.

Discutons ces prétentions des théoriciens au sujet du contre-point sévère, considérons-le sous les divers aspects que nous venons d'énumérer, étayons-nous de quelques autorités ; signalons des contradictions, des inconséquences. Là, ce me semble, est le point précis et délicat de la question ; dans les prétentions des auteurs et leur examen est presque le *to be or no to be*, l'être ou n'être pas du contre-point.

Examinons d'abord le contre-point comme genre, comme style, abstraction faite de tous autres rapports ou qualités, c'est-à-dire ne nous occupons que de ce fait, que les compositeurs du seizième siècle ont écrit la musique d'une manière particulière et différente de la musique moderne, et supposons que l'on nous présente des leçons pour connaître et apprécier les ouvrages de l'art de cette époque.

[2] Il est facile de voir que pour ce but unique, une connaissance moins approfondie du contre-point serait suffisante ; qu'il ne serait pas nécessaire, pour cette étude historique, de se consumer en efforts pour imiter les ouvrages de ces maîtres et leurs subtilités ; et qu'il serait illusoire de passer, à créer de semblables ouvrages — qui n'obtiendraient même pas de nos jours du public l'estime qu'il accorde à une bonne étude dans les arts du dessin —, le même temps qu'y consacraient ces anciens maîtres, lorsqu'un bon ouvrage de ce genre était une merveille de l'art et donnait à son auteur honneur et profit. S'il fallait se livrer à de semblables études pratiques sur tous les genres et les styles de peinture, d'architecture, de statuaire, elles épuiseraient la vie la plus longue et la plus laborieuse.

[3] Remarquons, en passant, que le traité de Fux, et surtout celui du P. Mar-

[1] Je crois que nos facultés musicales sont moins en jeu dans l'étude du contre-point que dans toute autre étude de la musique.
[2] *Gazette musicale*, page 390, deuxième colonne, ligne 23.
[3] *Ib.*, page 388, seconde colonne, ligne 34.

tini, sont les seuls des ouvrages modernes qui pourraient satisfaire pleinement la curiosité sur ce point. Dans les traités d'Albrechtsberger, l'application du contrepoint aux deux systèmes de tonalité ancien et moderne est faite d'une manière embarrassante et embarrassée; quant à M. Fétis et à M. Cherubini [1], ils ont dit formellement qu'ils voulaient appliquer dans leurs traités le contre-point à la tonalité moderne, et l'on ne trouve dans leurs ouvrages aucune instruction spéciale *ex professo* sur l'accompagnement des plain-chants de l'Église dans le rapport de leur tonalité à l'harmonie.

Je reviendrai plus bas sur cette dernière observation.

Mais laissons ce point de vue purement historique du contre-point; aussi bien n'est-ce pas sur lui que les traités et les écoles insistent; toutefois, ce point de vue n'est pas sans intérêt comme moyen de justifier dans l'esprit de l'élève l'emploi restreint de l'harmonie et de la modulation dans l'étude du contre-point.

[2] Lorsque l'on donne le contre-point pour une discipline, pour une règle, le jeune elève, que l'idée de reproduire des effets qu'il a sentis préoccupe constamment et qui s'était laissé séduire un instant par les qualités esthétiques que l'on lui avait dit être propres à ce genre, le jeune élève, dis-je, est ressaisi de tous ses dégoûts à la pensée d'un système de restriction dont on ne peut lui montrer ouvertement et franchement le but qui n'est pas immédiat; l'aiglon ne veut pas faire rogner ses ailes; le jeune et alerte coureur, qui a déjà foulé tous les terrains, se soucie peu de l'exercice avec les semelles de plomb dans ce stade si uni; ce qu'il veut, c'est franchir les précipices, les cimes escarpées.

[3] Lorsque l'on entend par contre-point l'art de composer les imitations, les canons, les contre-points doubles, on présente le contre-point à l'élève comme introduction à la fugue. Mais pour arriver à l'imitation, il faut passer par le contre-point simple : les premiers pas de l'élève, sous le portique de la fugue, ne lui donnent pas le goût de visiter l'édifice. Aussi, plusieurs se laissent détourner de l'étude si utile de la fugue, parce qu'elle s'enseigne dans les cours et classes de contre-point; parce qu'elle est comprise dans ces cours; et que, vulgairement, l'on nomme contre-point tous les contre-points et la fugue.

[4] Signalé à l'élève comme genre, comme style, possédant des qualités esthétiques et techniques qui lui sont propres, le contre-point paraît quelque chose de plus noble et de plus digne des efforts des artistes. Les moyens de variété, dans l'art, ne sauraient être trop nombreux; d'une autre part, on a eu récemment de profondes leçons du savant M. Fétis, sur les transformations

---

[1] Je ne cite pas ici Reicha; l'on sait qu'il n'est pas orthodoxe.

[2] *Gazette musicale*, page 388, deuxième colonne, ligne 26.

[3] *Ib.*, page 388, deuxième colonne, ligne 5.

[4] *Ib.*, page 387, deuxième colonne, ligne 19; page 388, première colonne; page 391, première colonne, ligne 7; page 391, deuxième colonne, ligne 15.

de l'art et le besoin d'éclectisme. Voici de fortes raisons pour engager l'artiste et le professeur à attacher de la considération et de l'importance à toutes les formes par lesquelles l'art peut produire ses effets. Nous allons examiner ces qualités. Écoutons avant quelques auteurs :

« Le tableau que nous faisons ici du style rigoureux est peut-être un peu
« sévère, mais il est vrai. Il ne faudrait pas croire, cependant, que ce style
« soit tout à fait inutile ; il peut offrir de grandes ressources dans la musique
« sacrée ; c'est dans le style rigoureux qu'on peut trouver des effets d'har-
« monie purs et célestes, infiniment préférables au luxe instrumental et
« théâtral qui s'est introduit dans nos temples. Il n'est pas toujours néces-
« saire d'accompagner le plain-chant ; mais, lorsqu'on veut l'accompagner,
« l'harmonie doit être conçue dans toute la sévérité du style. » — Reicha,
Traité de haute composition, tome 1er, page 6 [1].

« A l'époque où ce maître Palestrina écrivait, on n'avait point encore ima-
« giné de considérer la musique sous le rapport dramatique. De nos jours,
« ce besoin de dramatique se porte dans tous les styles, même dans celui de
« la musique d'église ; il en est résulté de grandes beautés, mais il me sem-
« ble que, sous le rapport de la convenance et de l'élévation des sentiments
« religieux, le contre-point de Palestrina l'emporte sur elles. » — M. Fétis,
la Musique à la portée de tout le monde, page 119.

Je pourrais citer quelques phrases du P. Martini et de quelques autres auteurs que j'omets pour abréger.

Qu'est-ce qui produit ces qualités dans ce style ? de quoi dépendent-elles ? quelles sont les sources dont elles dérivent, à part l'inspiration ?

Évidemment, il ne faut chercher les causes productrices de ces qualités que dans la matière harmonique, accords et successions que l'on y emploie ; dans les rapports de cette harmonie aux plain-chants qu'elle accompagne ; enfin, dans les formes, les dessins mélodiques, dont le style est consacré, qui naissent de cette harmonie, dont cette harmonie est la base ; dessins envisagés en eux-mêmes et dans leurs rapports réciproques d'essence et d'arrangement. Discutons d'abord la matière harmonique.

Sans vouloir affirmer positivement que M. Fétis, dont le nom doit être ici d'un grand poids, attribue exclusivement au matériel d'accords et de tonalité de ce style les qualités esthétiques dont nous venons de parler, on peut prouver facilement que dans la plupart de ses écrits, notamment dans son *Cours de philosophie de la musique*, et dans le *Résumé philosophique de l'Histoire de la musique*, il a cherché à établir que la facilité, voire même la possibilité de certaines expressions en musique, est relative à la constitution des

[1] Je crois devoir dire ici que je ne prends de cette citation que ce fait unique : que Reicha signale des propriétés esthétiques au style rigoureux—il le nommait système de restriction ;—d'ailleurs, sa doctrine à ce sujet n'était pas tout à fait celle des écoles. Je fais abstraction des autres propositions de ce texte.

échelles tonales, et à l'espèce d'harmonie qui leur convient, ou *vice versa*.

M. Fétis nous dit : « La différence la plus importante entre la tonalité « moderne et celle du plain-chant, est celle qui réside dans l'harmonie ap- « pliquée à chacun de ces systèmes de tonalité . . . . . . en établissant un « rapport direct » — ces mots *rapport direct* présentent peut-être quelque obscurité — « entre deux notes formant entre elles les intervalles de *triton*, « de *quinte mineure* ou — sic — de *septième, avec tierce majeure*. Monte- « verde créa le quatrième degré, la note sensible et la dominante . . . . ., « la septième, qui n'est autre que la note sensible, sur laquelle repose toute « l'harmonie et toute la mélodie moderne, la septième note fut irrévobale- « ment établie . . . . . . Avec les dissonances non préparées, les tons du « plain-chant s'évanouissent. »

J'évite, pour abréger, de transcrire tout le texte du *Traité du contre-point et de la fugue* de M. Fétis, dont ceci est extrait, et une foule d'autres endroits où la même idée est exprimée d'une manière plus ou moins explicite : d'ailleurs, je ne pense pas qu'il y ait rien à objecter sur la fidélité que j'ai mise à extraire.

On attribue ordinairement à la tonalité ancienne, à l'ordre unitonique les qualités signalées plus haut dans les citations faites. Etablissons qu'une force esthétique soit inhérente au matériel technique du contre-point *alla Palestrina*, c'est-à-dire à la tonalité antique et son harmonie ; ad-mettons que le jeune artiste en soit convaincu, il y en a certes là assez pour enflammer son zèle et soutenir son courage dans cette étude longue et diffi-cile. Mais plus il croira aux propriétés esthétiques de ces éléments restreints, plus il aura de foi aux raisonnements qui les lui auront fait apercevoir; plus il sera disposé à penser que la moindre altération de leur nature ou de leurs rapports immédiats ferait évanouir leur puissance : et si ces altérations pa-raissent un jour dans une œuvre ou dans l'enseignement d'une école, ses doutes reviendront plus accablants, et ses répugnances plus vives, en con-templant de nouveau ces éléments si pauvres, dépouillés maintenant de leur force, et redevenus une matière commune et sans prix, un talisman sans ver-tu. Or, c'est là ce qui a lieu.

A l'ouverture des traités de Fux et de Martini, et en analysant les modèles de Palestrina et de toute l'école romaine, l'élève rencontre souvent la quarte majeure et la quinte mineure sans aucune préparation ni liaison.

Il est bien à craindre que l'élève auquel on aura donné l'enseignement rap-porté plus haut sur les causes productrices de la tonalité antique et mo-derne, voyant sous ses yeux la quinte mineure et la quarte majeure, ne fasse des objections, et surtout ne craigne qu'avec elles, puisque les tons du plain-chant s'évanouissent, les propriétés esthétiques du contre-point ne s'é-vanouissent aussi.

A la vérité ces intervalles ne se trouvent pas contre la basse [1], mais

---

[1] Encore trouve-t-on dans Fux la quinte mineure contre la basse.

bien entre les parties; et c'est ici le lieu de rappeler l'expression *rapport direct*, que j'ai fait remarquer plus haut; peut-être s'applique-t-elle seulement au cas où l'on trouve ces intervalles contre la basse, toutefois je ne le crois point.

On voit que je discute avec bonne foi, et que je ne veux pas donner à mes objections plus de force à tout prix. Ceux qui seraient disposés à accepter cette explication pourront chercher à déterminer au juste le degré d'influence de ces intervalles sur la modulation, selon qu'ils existent entre telle ou telle partie; question qui de sa nature ne serait pas facile à résoudre, et dont cependant semblent dépendre nos conclusions en raisonnant dans le sens de nos guides. Cependant si l'on veut prendre garde que ce fait, l'influence tonale de la quinte mineure et de la quarte majeure selon les idées de M. Fétis, n'est que le fait ordinaire et familier d'une modulation au moyen de la quinte mineure, on sera peut-être forcé d'avouer qu'il a la même puissance dans les parties.

Poursuivons, toujours sur l'influence de cette matière harmonique.

M. Fétis dit formellement[1] que son traité de contre-point « a rapport à la tonalité du système musical moderne. » (*Rapport de la section de musique de l'Institut sur ce traité.*) Qu'il est appliqué à la tonalité moderne » (préface, page vii). Il le dit implicitement (page 5, article 5. Nous avons vu que la tonalité moderne était constituée par l'accord de quinte mineure ; nous avons vu que cette doctrine était de M. Fétis lui-même. Eh bien ! il exclut *ex professo* du contre-point la quinte mineure (page 4, article 6; page 14, article 30; page 42, note); tous les exemples et exercices du premier livre de son traité, exercices dont l'auteur fait sentir toute l'importance, ont rapport à la tonalité antique quant à l'harmonie que l'on y a employée — la quinte majeure, la quarte majeure, la septième avec tierce majeure en étant exclues;—rien n'a averti l'élève que l'on dérogeait aux propositions de la préface qui annonçaient la tonalité moderne; ce n'est qu'après un travail qui bien souvent dégoûte l'élève, vu surtout ces incertitudes, que l'on en dit quelque chose.

Et cependant, malgré leur exclusion prononcée *ex professo* aux pages que nous avons citées, la quarte majeure et la quinte mineure sont employées à chaque instant dans les parties supérieures—mais non contre la basse—,de la même manière dont nous avons dit qu'elles étaient employées dans Palestrina et son école.

Il est dit dans le même traité (page 70, article 109) : « Avec les disso« nances préparées seules, le compositeur le plus habile ne parviendrait « pas à donner à son ouvrage le caractère de la tonalité moderne. »—Cette question est aussi traitée implicitement à la section du contre-point de quatrième espèce ;—le premier livre du traité, et en grande partie les livres

---

[1] *Gazette musicale*, page 388, deuxième colonne, ligne 30.

suivants jusqu'à la fugue, ne discutent et ne mettent en œuvre que des dissonances préparées!

Les exercices du contre-point simple et d'une grande partie de ses formes, ceux du contre-point double dans le traité de M. Fétis, sont donc conformes au style de Palestrina, c'est-à-dire, selon M. Fétis, dans la tonalité ancienne; ils n'ont donc pas rapport à la tonalité du système musical moderne, comme l'annoncent le rapport de l'Institut, la préface et le traité *passim* [1].

Enfin, l'on trouve dans ce traité (page 12) quelques instructions sur les modulations : le fait de ces instructions et l'article 25 [2] qui les précède ne sont pas de nature à trancher les doutes de l'élève sur la tonalité que l'auteur a eue en vue; car la tonalité ancienne ne module pas.

Que si l'on me disait que les objections que tout cela excite dans l'esprit de l'élève, et qui sont résumées plus loin, ne viennent que de ce qu'il possède une certaine instruction intempestive, et de ce qu'il n'est pas dans cet état de candeur et d'innocence qui convient à un novice du contre-point; je répondrai qu'aujourd'hui on enseigne dans les classes élémentaires à distinguer la tonalité du plaint-chant de la tonalité moderne, que c'est un sujet sur lequel doivent réfléchir les élèves de ces classes, et qu'il est bien difficile qu'un élève « supposé instruit dans la théorie des accords et par con- « séquent de l'harmonie et de la modulation [3] » (*Cours de M. Cherubini*, *introduction*), n'en ait jamais ouï parler. L'on n'a pas oublié d'ailleurs que j'ai supposé, il y a quelques instants, que l'observation de ces choses délicates touchant les tonalités et l'appât des qualités esthétiques qui en dérivent, pouvaient seuls exciter l'élève à vaincre le dégoût qu'inspire le matériel harmonique si pauvre du contre-point aux élèves qui savent l'harmonie et la modulation.

[4] M. Cherubini annonce (*Introduction de son cours de contre-point*) « qu'il « va traiter du contre-point rigoureux moderne. » A la page 2 (notions pré-liminaires), on trouve l'observation suivante :

« Je répéterai une fois pour toutes qu'en disant contre-point rigoureux « moderne, je n'ai entendu appliquer ce dernier mot qu'à la tonalité. »

Deux lignes avant, M. Cherubini de même que M. Fétis exclut *ex professo* du contre-point rigoureux « la quinte diminuée et la quarte augmentée ou « triton » son renversement.

Et cependant, malgré l'exclusion qu'il vient de prononcer, il emploie ces

[1] *Gazette musicale*, page 388, deuxième colonne, lignes 30, 35.
[2] « Le contre-point étant destiné, dans nos études, à trouver son application dans la tonalité moderne plutôt que dans celle du plain-chant, je dirai un mot de la marche qu'il convient de suivre dans la modulation, pour ne pas affaiblir l'idée du ton principal et pour y rentrer. » (Fétis, *Traité du contre-point et de la fugue*, t. I, art. 25.) Suivent les règles de la modulation dans les tons relatifs.
[3] *Gazette musicale*, page 389, première colonne, ligne 16.
[4] *Ib.*, page 388, deuxième colonne, ligne 34.

intervalles à chaque instant dans les parties supérieures — mais non contre la basse —, comme M. Fétis, et comme l'école de Palestrina; il n'emploie aussi que les dissonances préparées et rejette celles sans préparation; en un mot , ses exercices sont conformes au style de Palestrina.

Donc, selon la doctrine de M. Fétis que nous discutons, la tonalité moderne annoncée par M. Cherubini n'existerait pas plus dans son contre-point que dans celui de M. Fétis. A la vérité cette objection ne s'adresse pas à M. Cherubini, qui s'est abstenu de présenter ses idées sur la matière constitutive de la tonalité moderne qu'il a en vue ; mais qu'il a bien constituée, dans ses plain-chants ou sujets et ses exercices, par les seuls moyens qui me semblent pouvoir le faire, la force tonale négative des échelles et la force tonale plus positive résultat de la forme des mélodies. M. Fétis me semble avoir fait la même chose dans le trait ou plain-chant unique sur lequel , selon l'usage des anciens maîtres, il a basé tous ses exercices de contre-point.

M. Cherubini, après avoir dit (page 2) : « La quinte diminuée et la quarte « augmentée ou triton [1] ont été rejetées par les anciens ; on ne doit donc les « employer dans le contre-point que comme dissonances passagères »—et, à chaque mesure, il les emploie sans cette condition dans les parties,— ajoute (page 41) : « Les véritables principes du contre-point rigoureux, « qui défendent en *quelque sorte* d'employer la quinte diminuée »; à l'aide de ces mots « *en quelque sorte* », il peut accompagner de la quarte la dissonance de seconde qui alors se résoudra sur la quinte mineure dans le cas.

Ici l'objection de l'élève se renouvelle sur la disparition de la tonalité antique par la présence de la quinte mineure *contre la basse*, et sur la disparition avec elle des qualités esthétiques du contre-point rigoureux; elle devient plus forte lorsque (page 56) M. Cherubini, à l'aide de ce titre : « *Extension à la règle* », permet l'accord de septième dominante avec son acte de cadence par quinte inférieure ; accord qui, si l'on admet la doctrine de M. Fétis , est plus subversif encore [2] de la tonalité ancienne , et par conséquent des qualités esthétiques. Que d'incertitudes pour l'élève!

[3] On regrette également que la doctrine exposée, page 54 du traité de M. Cherubini, soit en opposition directe avec les idées de M. Fétis sur un point important , — le mouvement des autres parties pendant la résolution des dissonances — pages de son traité 55, 56, 57, art.93, 94, 95. Notez sur ce point encore, que M. Fétis donne les conditions de résolution qu'il expose

[1] La quinte mineure et la quarte majeure de M. Fétis.

[2] Je crois qu'il y a des cas nombreux dans la modulation harmonique ou mélodique dans lesquels les deux termes de la quinte mineure ou quarte majeure ne sont point la quatrième et la septième note d'un ton ; mais aussitôt que l'on fait entendre un troisième son à la tierce majeure et septième mineure des premiers , ils le deviennent.

[3] *Gazette musicale*, page 387. première colonne, ligne 6.

comme constituant seules le style ancien, à l'exclusion de celles présentées par M. Cherubini.

Lorsque les jugements à former doivent être basés immédiatement sur des choses dont la nature, l'essence et les rapports sont délicats, subtils, et par là même difficiles à observer ; ou bien plutôt sont relatifs à des conventions, à des traditions, à des coutumes, les conflits entre les érudits dont les noms font autorité ne sont pas faciles à décider ; on ne peut, en ces matières, prendre un parti sans avoir refait soi-même ce travail d'archéologue ; or, l'on ne doit pas supposer que l'élève l'a fait.

[1] Je ne déciderai point si la présence constante de la quinte mineure, dans les parties, dans les exercices de MM. Fétis et Cherubini, et l'emploi fréquent de cette même quinte mineure dans les compositions des maîtres de l'école romaine dans le seizième siècle, feront conclure à l'élève que les qualités reconnues à ce style ne résident pas dans le matériel de l'harmonie que l'on dit lui être propre, et qu'il faut les chercher ailleurs; il y a là de graves questions et de graves discussions à soulever. Je me bornerai à faire remarquer que l'élève doutera ou des qualités esthétiques du style *alla Palestrina* lorsqu'il offre la quinte mineure ou la quarte majeure ; ou de la vérité de la doctrine qui enseigne que la présence de la quinte mineure ou son absence détruit ou favorise médiatement son expression esthétique, et objectera que, si l'on a introduit la quinte mineure sans la détruire, on peut introduire la septième avec tierce majeure, la neuvième de la dominante, etc. [2]; ou enfin il doutera de la force de modulation de la quinte mineure ou de la quarte majeure, employées ailleurs que contre la basse, et par conséquent de la force de modulation de tout intervalle dont une altération dièse bémol ou bécarre serait un terme employé ailleurs que contre la basse [3].

[1] *Gazette musicale*, page 388, première colonne; page 391, première colonne, ligne 7 ; page 391, deuxième colonne, ligne 13.

[2] Reicha a bien admis d'autres accords que ceux de Palestrina, quoique encore avec des restrictions ; il en est de même d'Albrechtsberger ; mais on sait qu'ils ne sont pas orthodoxes dans leur style rigoureux. Le P. Martini (première partie) n'offre que des modèles des anciennes écoles avec l'harmonie de Palestrina : encore que dans son introduction il enseigne la quinte mineure et la septième dominante. Fux ne présente que l'harmonie de Palestrina, à l'exception toutefois de ce que nous avons dit au sujet de la quinte mineure, que l'on trouve quelquefois dans ses exemples.

[3] Que si ces mots « *rapport direct* entre le septième et le quatrième degré » de M. Fétis, déjà cités, page 13, et ceux-ci « qui bannit *en quelque sorte* la quinte mineure » de M. Cherubini, doivent s'entendre du plus ou moins d'apparence, de fréquence de l'harmonie de quinte mineure ou quarte majeure, et, par là même, du plus ou moins de force influente qu'elle aurait sur la tonalité, selon qu'elle serait contre la basse ou dans les parties, quarte ou quinte, entre deux parties moyennes hautes ou basses, entre une extrême et une moyenne, etc., etc.; il resterait à l'élève quelque espoir de conserver cette force esthétique du contre-point : 1° dans les cas

Gottfried Weber, qui fut l'un des plus savants musiciens de l'Allemagne qui déplore sa perte prématurée, traite, dans plusieurs endroits de sa théorie de la composition, la question des styles avec sa supériorité de vues et sa puissance de logique ; il dit formellement qu'il est très-peu partisan de la distinction des styles dans le sens des écoles, et il n'admet nullement leur *distinction technique* ; ces derniers mots, vu la discussion trop longue peut-être qui précède, n'ont pas besoin d'explication. A la vérité, il n'envisage pas la question au point de vue des tonalités : on peut lire ce qu'il a écrit sur les tons anciens ; ses idées sur eux n'étaient pas favorables aux distinctions qui nous occupent.

[1] Enfin, l'élève demandera pourquoi enseigner le contre-point en prenant pour base des exercices la tonalité moderne, si c'est la tonalité ancienne qui donne à ce genre les qualités esthétiques [2] ?

[3] Avant de finir sur les qualités esthétiques de la matière harmonique dans le contre-point sur le plain-chant, nous ferons à leur sujet une observation ; c'est que les qualités esthétiques du genre, inhérentes à son harmonie, pourraient être attribuées plus justement aux rapports de l'harmonie avec les véritables plain-chants, et aux allures toutes particulières qu'elle est quelquefois obligée de prendre pour marcher sur ce terrain difficile et qu'elle prend volontairement d'autrefois. Écoutons à ce sujet Gottfried Weber, déjà cité ; je traduis littéralement.

« . . . . Au reste, la fréquence de l'emploi de ces tournures inu-
« sitées d'harmonie jointe à la lenteur solennelle du chant choral en lui-même,
« à la simplicité du débit, au sentiment religieux qui s'y lie, au respect pieux
« pour la vénérable antiquité, et à maintes autres idées accessoires et souve-
« nirs, est précisément ce qui donne aux morceaux de musique de ce genre
« un charme particulier et comme une couleur mystique de solennité et de
« sainteté qui attire ; et quand on trouve ainsi qu'un choral chanté d'après
« une telle soi-disant mélodie antique, mais avec un accompagnement har-
« monique, fait un effet qui lui est entièrement propre et quelquefois vrai-

où cette harmonie ne paraîtrait pas ; 2° dans ceux où elle paraîtrait, et dont la convenance serait jugée par lui selon certaines règles ou observations. Il faut avouer cependant que tout cela serait peu raisonnable et entraînerait de grands embarras dans
la théorie des modulations de la musique moderne et dans l'objet lui-même ; car les
jugements n'auraient pas là de règle bien précise. Ajoutez que la rédaction de plusieurs textes cités de M. Fétis au sujet de l'influence de l'harmonie du septième et quatrième degré, est loin d'être favorable à cette explication. D'ailleurs, si on l'eût eue en
vue, il était si facile de le dire.

[1] *Gazette musicale*, page 388, deuxième colonne, ligne 5, ligne 26, ligne 30.

[2] Ici nous *sommes* ramenés au contre-point envisagé comme exercice ; nous mon-
trerons bientôt qu'à ce point de vue il est très-utile, mais insuffisant.

[3] *Gazette musicale*, page 388, première colonne ; page 391, première colonne,
ligne 7 ; page 391, deuxième colonne, ligne 13.

« ment ravissant que l'on ne trouve pas dans des chants d'un autre genre, le
« principe en est, comme on le voit, non dans la valeur indépendante et pré-
« pondérante de la mélodie antique ; mais, au contraire, justement dans ce
« qu'il y a de non antique dans le morceau ; dans l'équipage et l'accompa-
« gnement harmonique qui, en son particulier, trouve dans les gênes qu'il
« s'est imposées volontairement l'occasion de montrer ses côtés inusités et
« de déplier des traits plus profondément situés. »

Gottfried Weber dit, avant ce que je viens de citer :

« . . . . Au reste, ce n'est pas toujours une affaire toute
« simple que cet enchâssement en mosaïque, cet entrelacement de si revê-
« ches mélodies dans un tissu d'harmonies d'aujourd'hui ; car, d'une part, de
« telles mélodies en elles-mêmes contrarient en quelque sorte souvent,
« comme nous l'avons déjà observé, notre oreille naturelle, et ne veulent
« pas par conséquent aussi s'ajuster juste dans une suite d'harmonie de l'es-
« pèce d'aujourd'hui, par exemple fig. 51 [1] ; et c'est pourquoi, pour entrela-
« cer de si rétifs et si rudes fils dans un tissu harmonique, on se voit très-
« fréquemment obligé de donner à la contexture harmonique un tour inusité,
« tantôt celui-ci, tantôt celui-là, et généralement d'employer des artifices
« harmoniques de mille façons pour faire goûter cependant à nos oreilles
« ce dur et âpre aliment. — Mais d'un autre côté, un tel emploi de tournu-
« res harmoniques inaccoutumées est justement aussi seulement nécessaire
« à cet effet, de donner à telle mélodie qui d'ailleurs, considérée en elle-
« même, pourrait paraître n'être pas assez étrange à nos oreilles, et par
« conséquent n'avoir pas de propriétés assez propres, un caractère moins
« ordinaire et par là quelque chose que l'on puisse nommer traitement à la
« grecque. La mélodie citée ci-dessus sous la figure 52, en fournit justement
« un exemple ; cette mélodie, si l'on veut lui permettre de marcher en ut
« majeur et aussi de finir avec l'accord d'ut majeur, s'en va très-ordinaire-
« ment et n'est surprenante pour personne ; mais on l'oblige de prendre une
« mine tout étrange, parce que pour la traiter à la grecque et à la phrygienne,
« comme ils le nomment, on la termine avec l'accord de mi majeur, comme
« aux figures 55, 56, 57 ; — de la même manière, Vogler enseigne dans son
« Choral system, que pour traiter la mélodie, fig. 44, à la grecque ou dans le
« style choral, on doit ne pas l'accompagner comme à la figure 46, mais
« comme à la figure 47 ; alors que ce soit à la grecque. »

[2] Si l'on admet ces idées, qui paraissent très-justes, on aura à regretter que
les savants auteurs des traités de contre-point rigoureux moderne n'aient
pas fourni l'occasion de s'instruire à produire ces effets, puisqu'ils ne prennent pas pour sujets de véritables plain-chants ; qu'ils aient retranché de

[1] Je n'ai pas reproduit les figures, l'analyse de leurs détails n'étant pas indispensable dans ces citations.

[2] Gazette musicale, page 388, deuxième colonne, ligne 33.

leurs ouvrages un enseignement si utile aux organistes; enfin on pourra peut-être reprocher à ces sévères conservateurs des styles, d'avoir négligé, discrédité, pour ne pas dire anéanti le contre-point sur le plain-chant, et d'avoir fait disparaître de leurs traités des modèles de certains effets que les élèves réfléchis et studieux voulaient observer et reproduire dans le travail du contre-point. On les accusera de laisser par là exposés dans toute leur pauvreté et leur nudité les éléments harmoniques des exercices de contre-point privés des relations qui seules pouvaient vaincre les répugnances de l'élève et donner à ces exercices de l'intérêt, de l'attrait : premièrement, comme étude esthétique, secondement, parce qu'à certains points de vue, avec certaines conditions, c'est un travail difficile que d'accompagner le plain-chant, et pour lequel on serait bien aise d'avoir des instructions où il y eût plus de philosophie et de clarté que dans les anciens codes.

  [1] Mais nous approchons des points d'où nous découvrirons l'utilité du contre-point de nos écoles et de ses exercices.

  Après les matériaux, examinons les formes sous le rapport de leurs qualités expressives, esthétiques.

  [2] Examinons ces formes en elles-mêmes, dans leur essence, et après, dans leurs relations réciproques. Mais avant, faisons deux remarques, l'une que ces formes, étant basées sur une harmonie, doivent subir, quant à leur effet musical technique, toutes les influences des cas que nous avons énumérés relativement à la quinte mineure; la seconde remarque est que, abstraction faite de toute considération de système de tonalité, il reste à toute forme mélodique les propriétés de son dessin, de son rhythme; ces observations s'appliquent aussi aux relations de ces formes entre elles.

  Le rhythme intérieur des dessins de l'école romaine leur est propre, particulier; il présente toutes les conditions techniques requises pour la constitution d'un bon rhythme musical intérieur : mais ce que l'on nomme carrure, symétrie, rhythme extérieur, n'y existe pas et ne peut y exister, à cause des plain-chants qu'ils accompagnent; toute autre symétrie est interdite par les lois restreintes de ses formes. Ce rhythme n'étant autre chose que la forme donnée aux sons de ces cantilènes, le moule dans lequel ils sont jetés, est la cause à mon sens du vague d'expression que l'on remarque dans ces cantilènes, vague que vient encore augmenter l'harmonie usitée dans ce style et ses modifications. Lorsque ces dessins sont mis en relation plusieurs ensemble, comme dans les imitations, les canons, ils conservent ces qualités; il résulte de leurs enjambements continuels, 1° que les formes du rhythme extérieur sont encore moins arrêtées et moins précises; 2° des effets

---

[1] *Gazette musicale*, page 388, deuxième colonne, ligne 10.

[2] *Ib.*, page 387, deuxième colonne, ligne 19; page 388, première colonne ; page 391, première colonn, ligne 7; page 391, deuxième colonne, ligne 15.

particuliers dont les principaux caractères sont la facilité, l'élégance, la liberté d'allure, l'indépendance avec un certain élan, enfin la variété dans l'unité : ces effets sont très-analogues à ceux qui résultent des groupes dans les arts du dessin ; ils excitent dans l'âme par l'oreille une sorte de contemplation, comme l'aspect des nuages.

On croit que l'expression vague de ces mélodies et des harmonies restreintes, conditionnelles, qui en sont la base, convient au calme de la prière, et s'accorde avec l'état de l'âme affectée de sentiments religieux.

N'oublions pas que nous parlons de formes, de dessins donnés ou à donner par le rhythme à un matériel de sons et d'accords, et que s'il était prouvé que les qualités expressives ne sont pas inhérentes au matériel ou à ses accords, mais bien à la forme, alors un matériel d'accords quelconque pourrait, modifié ainsi par ses formes, produire les mêmes résultats ; comme aussi modifié autrement, en produire d'autres tout différents, car d'autres modifications sont en la faculté du compositeur ; et ceci importe pour la suite de ce que nous avons à dire. Remarquons encore que ces mêmes effets ne pourraient se produire, par conséquent, que par l'imitation, la reproduction analogue, la copie de ces formes traditionnelles et convenues du dessin rhythmique des compositions *alla Palestrina*.

Les qualités techniques de ce style sont l'éclat, la pureté, la force de sonorité que l'on remarque dans les voix exécutant dans de grands vaisseaux[1]. On attribue ces qualités à l'emploi de l'harmonie consonnante et des suspensions entendues d'abord dans l'état de consonnances, et à l'absence des dissonances dites naturelles. Parmi les avantages de ce style sous le rapport de l'exécution, on signale surtout la facilité d'intonation de ses cantilènes, née de ses matériaux et de leur mise en œuvre ; on a fait grand bruit de cette dernière qualité, on l'a crue propre à étayer le genre ; les enfants des écoles élémentaires attaquent aujourd'hui de grandes difficultés d'intonation.

Ici finit notre recherche des causes et des sources, des effets du contre-point *alla Palestrina* dans l'esthétique et le technique. Considérons-le comme exercice et étude.

Pour justifier les restrictions, les prohibitions, les règles rigoureuses, les préceptes sur l'harmonie dont le contre-point est l'objet, nous avons déjà vu que l'on donne des raisons philosophiques desquelles il résulte que c'est une règle, une discipline.

[2]Voyons jusqu'à quel point le matériel restreint des traités et des cours de contre-point est nécessaire à cette discipline soi-disant si salutaire, à laquelle on soumet l'élève.

[1] Ce style n'admet pas d'instruments.
[2] *Gazette musicale*, page 389, première colonne ; page 390, première colonne ; page 291, deuxième colonne, dernières lignes.

D'abord, quant aux règles sur la marche des consonnances, elles sont observées dans tous les styles par la majorité des compositeurs, et s'appliquent à tous les accords consonnants, dissonants, naturels, etc., etc. Voyons les prohibitions relatives aux successions d'accords, aux modulations, aux mouvements des voix sur un accord et dans le passage d'un accord à un autre; observons leurs rapports mutuels.

Les modulations pourraient être très-sévères, très-restreintes, en employant tous les accords.

Quant aux mouvements des voix dans le passage d'un accord à un autre, on doit avouer qu'une harmonie chargée de modulations restreindrait le nombre des chances d'agencement des accords successifs, à cause des exigences des affinités et des fausses relations mélodiques et harmoniques, et ferait disparaître des difficultés. A ce point de vue, il fallait donc employer les accords consonnants pour que cette difficulté d'agencement à 4, 5, 6 et 8 parties existât et fût vaincue par l'élève; cette difficulté est relative surtout aux règles sur la marche des consonnances et aux fausses relations mélodique

Si nous recherchons en quoi ces restrictions et défenses se rapportent à l'art de faire bien chanter et de conduire avec pureté les parties, surtout si l'on emploie des notes de passage à cette texture ; contexture des parties, nommée par les Allemands *stimmfuhrung*, contre-point simple; nous remarquerons que des successions d'accords, chargées de transitions, seraient moins favorables à l'existence de dessins d'une modulation pure sur chaque accord, à cause des affinités et des fausses relations mélodiques et harmoniques, et, toujours pour les mêmes causes, embarrasseraient sensiblement le rhythme et la mélodie de ces parties. Ici le choix des accords consonnants et des successions sans chromatique est donc favorable, à la vérité, à un effet que l'on a en vue; mais on ne peut nier qu'il fasse disparaître une difficulté qu'il faut alors apprendre ailleurs à vaincre.

Quelques règles sévères relatives aux dessins mélodiques des parties, à la place des dissonances de passage, à leur préparation, à leur résolution, au rhythme et au mouvement dans l'espèce dite contre-point fleuri, ne supposent nullement la nécessité du matériel restreint d'harmonie et de modulations du contre-point, et pourraient être étudiées et appliquées avec d'autres éléments plus riches, et produire leurs effets, s'il en est qui dépendent de leur observation ; je dis leurs effets propres, je fais abstraction ici des rapports à la tonalité.

Dans ces analyses, j'ai fait ressortir avec intention quelquefois que ce qu'il y a d'utile, de profitable dans l'étude du contre-point envisagé à certains points de vue, n'est pas essentiellement et nécessairement lié au choix de matériaux exclusifs, parce que je sais par expérience que c'est là, je veux dire cette exclusion, ce qui dès l'abord excite les dégoûts et les répugnances pour une étude importante que l'on ne connaît que par ce côté désavantageux.

[1] Mais la méthode traditionnelle d'exercice du contre-point simple, depuis deux jusqu'à huit parties réelles, est féconde en heureux résultats : l'élève qui aura vaincu les difficultés graduées qu'elle lui présente, aura beaucoup gagné, et se sera acquis pour la suite de grandes facilités. Il faut bien dire encore ici que cette méthode peut s'appliquer, et doit peut-être être appliquée, en tant qu'ordre à suivre dans des exercices, aux modulations et aux accords les plus riches et les plus variés.

Ici finit l'examen du contre-point considéré comme exercice.

A ceux qui ne voient dans le contre-point que l'art de faire les imitations, les canons, et une introduction à la fugue, nous répondrons : 1° que les imitations et les canons sont constitués par certaines relations produites par l'art du compositeur entre les formes mélodiques des parties d'une composition ; qu'il n'y a dans une composition en imitations rien qui change l'essence, la nature du contre-point, qui est ce que nous discutons, ce qui nous occupe. Par conséquent, même en considérant l'imitation et le canon, en les comprenant dans notre examen, c'est toujours la question de la convenance de la matière harmonique ancienne ou moderne à telles ou telles formes qui se reproduit. Nous reconnaissons et proclamons l'importance de l'imitation du canon, de la fugue ; mais tout matériel harmonique est propre à affecter ces formes, aussi bien le moderne que l'ancien ; le moderne est obligé dans la fugue.

Toutes les fugues modernes, les ouvrages de Bach, d'Haydn, de Mozart, de Hendel, prouveraient ce que nous avançons là, si cela avait besoin de preuves.

Il est inutile de dire que si l'on attribue une valeur esthétique au matériel technique usité dans les cours de contre-point, ce matériel doit être employé le même dans l'imitation et le canon, afin de conserver ces qualités, ces propriétés esthétiques.

Du reste, les conditions de ces formes sont un excellent exercice ; quant aux formes en elles-mêmes, nous en parlerons plus bas, en parlant de la fugue.

[2] Au sujet du contre-point double, nous devons répéter ce que nous venons de dire sur les imitations et canons ; si l'on attribue une valeur esthétique au matériel d'harmonie usité dans les cours de contre-point, ce matériel doit être le même dans le contre-point double que dans le contre-point simple et les compositions basées sur lui, imitations et certains canons, afin de conserver ces propriétés, ces qualités esthétiques.

Les contre-points doubles et par mouvement contraire, rétrograde ou à l'écrevisse, rétrograde et contraire, inverse contraire, enfin toutes les recher-

---

[1] *Gazette musicale*, page 389, deuxième colonne, ligne 27.

[2] *Ib.*, page 388, deuxième colonne, ligne 38.

ches et les subtilités plus ou moins curieuses que l'on ne parvient à constituer sous les yeux qu'en donnant des entorses à l'harmonie, au rhythme et
à la modulation, en faveur des conditions bizarres du dessin—et des entorses
plus ou moins fortes, selon que ces conditions de dessins relatifs et absolus
sont plus ou moins étranges,—toutes ces choses, dis-je, semblent s'accom-
moder parfaitement de cette matière dont nous discutons, la convenance ou
l'inconvenance à chaque pas que nous faisons dans le domaine du contre-
point. Plusieurs de ces pénibles et pâles compositions ont un aspect plus
monstrueux, mises au grand jour de la tonalité moderne et formées de sa
matière.

La *Fugue*, pour se prêter à l'analyse que nous continuons de la matière et
de la forme, doit être présentée sous ses deux aspects principaux.

L'un est le contre-point fugué *alla Palestrina* et aussi la forme plus régulière observée plus tard dans l'ordre historique ; je veux dire la fugue dans
la tonalité du plain-chant et avec un plain-chant pour sujet, forme dite fugue réelle [1].

Au sujet de ces deux variétés de la forme fuguée, nous ne pouvons que
répéter ce que nous avons dit sur le matériel d'accords et sur les formes
rhythmiques du contre-point simple, de l'imitation, du canon et des contre-
points doubles ; car la fugue est l'application, la combinaison, la réunion de
toutes ces études ; toute notre discussion sur les propriétés esthétiques des
formes rhythmiques et du matériel de ces compositions est applicable à la
fugue. Nous ajoutons que les conditions propres à la composition nommée
fugue n'exigent nullement un matériel harmonique particulier et des formes
restreintes,— si l'on fait abstraction de la question des propriétés esthétiques
inhérentes à certains accords et à certaines formes de rhythmes, question si
souvent rappelée dans notre discussion.

Pour le prouver, et pour prouver aussi tout ce que nous avons dit du contre-point simple, de l'imitation, du canon et des contre-points doubles, à savoir que l'on pouvait traiter ces formes avec un système d'harmonie plus
large que celui des traités de contre-point rigoureux, il n'est besoin que de
considérer l'autre des aspects de la fugue dont j'ai parlé tout à l'heure, et de
nommer la fugue tonale moderne régulière.

La fugue moderne appartient évidemment à la tonalité moderne par les
conditions de la réponse, conditions relatives aux lois de la modulation ;
aussi ne rencontrons-nous plus dans les traités les mêmes restrictions dans
son harmonie que dans le contre-point — qui, soit dit en passant, doit nous
introduire à faire la fugue dans laquelle ces restrictions n'existent pas [2] ;—
mais si nous ne retrouvons pas les mêmes dont l'absurdité serait trop évi-
dente et trop révoltante, nous n'en rencontrons pas moins bon nombre d'au-

[1] *Gazette musicale*, page 388, seconde colonne, ligne 38.
[2] *Ib.*, page 388, deuxième colonne, ligne 5.

tres relatives soit au style vocal, soit à la discipline d'école. On ne proclame
ni assez ouvertement, ni assez fort, la permission d'introduire plus de coloris dans les accords et les modulations de la fugue ; de sorte que nous avons
encore ici fugue ancienne, fugue mixte ou d'école — disciplinaire, — et fugue moderne ; enfin, par les restrictions dans l'harmonie et la modulation,
autant de fugues — en conservant toujours le même plan, la même forme,
la même composition — que nous avons de maîtres renfrognés et avares et
de compositeurs riches, libéraux et faisant bien les choses.

' J'ai déjà eu l'occasion de faire remarquer plusieurs fois que ces restrictions dans l'harmonie et la modulation — restrictions dont on ne lui expli-
quait pas assez la cause, le but, — étaient pour l'élève une source de pré-
ventions ; la même chose a lieu dans la fugue. Plus l'élève sera soumis aux
lois relatives au style *alla Palestrina*, plus il sera impatient de ces restrictions, si peu écartées, une fois rentré dans le style moderne ;— et l'on lui dit,
et il le voit bien par les conditions de la réponse, que la fugue est du style
moderne. — Les règles de la réponse, des dispositions de la forme, les affai-
res de raisonnement, de jugement, toutes ces conventions que l'instinct, la
sensibilité musicale acquise et les plus belles dispositions naturelles ne peuvent deviner, toutes ces impressions défavorables viendront se joindre aux
dégoûts du même genre qu'il aura déjà éprouvés dans l'étude du contre-
point. Son sentiment d'harmonie lui aura peut-être fait regarder quelques
fugues qu'il aura rencontrées comme des œuvres gothiques et barbares, —
et il y en a beaucoup qui le sont, — et si des restrictions dans l'harmonie et
la modulation viennent encore le contrarier, il pourra se faire qu'il abandonne l'étude de la fugue, même après avoir appris le contre-point. D'autres
fois, les dégoûts du contre-point qu'il abandonne lui font comprendre la fugue
dans la réprobation ; car la fugue s'enseigne dans les cours et classes de
contre-point, et, par une acception faussée du mot contre-point, la fugue s'y
trouve comprise dans l'esprit de l'élève. D'ailleurs, comment aborderait-il la
fugue sans exercices spéciaux de contre-point ?

C'est ici le lieu de le prémunir contre ces erreurs, c'est ici qu'il faut l'a-
vertir que l'acte de la composition ne réside pas dans l'emploi de tel accord
qui a de la couleur, ni dans la connaissance de son effet ; que l'harmonie et
la modulation, tout estimables qu'elles sont, ne remplaceront jamais les études du contre-point, et qu'il vaudrait beaucoup mieux être faible harmoniste
et bon contre-pointiste que le contraire ; enfin, que ces idées sur l'importance de tel accord, de telle succession, de telle modulation, — idées puisées
en considérant des ouvrages de si petites proportions, qu'un de ces traits
fait toute leur fortune, — que ces idées, dis-je, décèlent plus d'inexpérience
que de véritable sentiment des vraies beautés de l'art à toutes les époques ;
et que le contre-point et la fugue seuls, quel que soit le système d'harmonie

' *Gazette musicale*, page 388, deuxième colonne, ligne 26.

et de modulation qu'on leur applique, sont le vrai chemin de la composition.

Essayons de faire sentir l'importance, le but et les heureux résultats, médiats ou immédiats, de l'étude de la fugue, même avec ses restrictions.

L'audition fréquente de la musique, le sentiment musical et les dispositions naturelles jointes à quelques études d'harmonie, peuvent conduire jusqu'à un certain point dans l'art du contre-point simple, — non de tradition, de convention, mais naturel, essentiel ;— le goût peut inspirer la manière de bien faire chanter les parties, abstraction faite de toute spécialité de forme et de style ; en un mot, on peut, par les facultés naturelles et un peu d'observation, deviner pour ainsi dire le contre-point simple. Nous verrons dans un instant ce que ces connaissances superficielles et sans exercice spécial laissent à désirer.

Mais les plus beaux dons naturels, l'instinct le plus sûr, le sentiment le plus profond de l'harmonie ne peuvent, sans instruction spéciale, deviner ou pénétrer les mystères des procédés, des formes scientifiques, l'imitation, le canon, les contre-points doubles, la fugue; toutes ces combinaisons artificielles, ingénieuses, quels que soient leur force dans l'art et le rang important qu'elles y tiennent, sont les résultats de siècles d'analyses et d'observations, dans lesquels le jugement, la raison, le raisonnement sont en jeu, et que le sentiment musical ne saurait découvrir ; elles forment une science compliquée; il faudrait beaucoup de génie et de longs tâtonnements à un homme seul pour l'inventer ; il faut l'apprendre.

L'imitation, qui est un des membres principaux de la fugue et l'introduction du style fugué, est une forme qui, indépendamment de toute application, de tout encadrement, fait son effet propre, particulier ; c'est une forme que le bon goût, le sentiment et l'esprit admettent ; elle rappelle les idées, conserve l'unité de caractère dans toutes les parties de la composition ; on peut la comparer aux figures, aux ornements du discours. Les procédés de sa formation veulent être enseignés et se pressentent difficilement.

Le canon n'est qu'une imitation prolongée; mais, plus développé que l'imitation, il constitue à lui seul un morceau de musique qui peut être à un plus ou moins grand nombre de voix. L'observation a enseigné rarement les procédés pour le créer.

Les contre-points doubles sont un genre de composition dont les lois sont plus techniques, plus immédiatement extraites de la nature des choses musicales que l'imitation et le canon : mais combien de tâtonnements, d'expériences et d'observations n'a-t il pas fallu pour découvrir les divers contrepoints doubles, leurs propriétés, leurs règles, et pour conduire cette partie de l'art d'écrire au point où elle est maintenant, quoique ses formules soient loin de ne laisser à désirer rien de mieux?

Transporter de l'aigu au grave et du grave à l'aigu les formes mélodiques d'une harmonie, faire passer un sujet d'une partie à l'autre, l'approprier à tous les diapasons, faire du dessus la basse, de la basse le dessus, trouver dans sa propre essence, en accompagnant un chant, des moyens féconds d'établir une unité parfaite et une variété infinie, telles sont ses propriétés principales. Mais eût-on deviné l'harmonie renversable et ses propriétés, on n'aurait qu'une matière; il faudrait en faire usage : c'est un marbre qu'il faut placer dans un édifice. Celui-là serait bienheureux qui, sans enseignement, devinerait l'emploi si fécond en résultats du contre-point double. L'étude approfondie de la fugue peut seule le révéler et le préparer dans toutes les compositions; il est un de leurs plus grands moyens de développement et d'effet.

La fugue est une forme conventionnelle de composition qui emploie, avec des conditions particulières, le contre-point simple, l'imitation, le canon, les contre-points doubles.

Il est prouvé par l'expérience et l'autorité que de grands effets techniques et expressifs sont liés à la forme de la fugue. Il faut encore se résoudre à faire l'étude de ces conditions et s'exercer à les remplir, si l'on veut reproduire les effets.

La fugue est le premier morceau régulier que l'on ait fait; elle a servi de type ou modèle à tout; il n'est point de morceau bien fait qui n'ait quelques parties qui appartiennent aux formes qui constituent la fugue; il faut, dit M. Cherubini (*Cours de contre-point et de fugue*), «que tout morceau, pour « que la conduite en soit bien entendue, sans avoir précisément le caractère « et les formes de la fugue, en ait l'esprit.» La fugue enseigne le métier; elle apprend à manipuler la mélodie et l'harmonie, à les marier, à traiter un sujet, à tirer parti de ce que l'on a; elle enseigne les formes à donner à la matière.

Dans toute composition musicale, comme dans toute composition littéraire, il est nécessaire de savoir développer une idée et en faire un morceau, de connaître les moyens qui peuvent y conduire : le travail des imitations et des contre-sujets dans la fugue a cela pour but; il faut déduire des conséquences, enchaîner, unir, fondre le tout ensemble, tout rapporter à une seule idée; il faut savoir présenter, ordonner des idées; il ne suffit pas, pour composer un discours, de savoir la grammaire, que l'on peut comparer ici au contre-point simple; il faut savoir les formes, les figures oratoires, les amplifications, la rhétorique; enfin, les procédés que la fugue présente pour ce but sont de mise partout; ils habituent à maîtriser la mélodie, l'harmonie, le rhythme, au point de suppléer souvent à l'inspiration.

Sous le rapport esthétique, la fugue a des effets qui lui sont propres : elle enseigne à donner un caractère aux différentes parties; elle établit l'unité et la variété; elle exprime convenablement les sentiments de la foule, dans un chœur, par les entrées des voix à divers intervalles, et la variété d'harmonie et de mélodie qui résulte des renversements des contre-points doubles; ses allures sont celles qui conviennent aux chœurs nombreux d'un finale dramatique; la chaleur, la force, la richesse, la pompe, l'éclat, sont de son essence, tant d'avantages résultent de l'étude et du travail des procédés qui lui sont propres : on ferait de vains efforts pour les obtenir sans ces procédés; il faut donc les apprendre, comme Bach, Hendel, Haydn, Mozart et tant d'autres les avaient appris.

Ailleurs que dans une fugue proprement dite, dans une composition quelconque, le genre fugué, la matière fuguée est applicable. Dans les chœurs, dans les duos, et dans les trios, l'imitation, les contre-points doubles sont de mise ; dans la symphonie, l'on emploie les contre-sujets et le développement du sujet. Toute cette matière peut être placée librement et arbitrairement; mais ce n'est que l'étude approfondie de la fugue qui enseigne à créer, à manipuler toute cette matière, et à en faire les applications les plus géniales et les plus artistiques.

Envisagée seulement comme exercice, abstraction faite de toute application méditée et de toute astriction à son plan, la fugue présente une des meilleures et des plus fécondes études que puisse faire le musicien, par le travail technique qu'elle occasionne, qu'elle cause. C'est surtout en ce sens qu'elle mérite d'être dite le fondement de la composition. Elle réunit toutes les formes scientifiques : imitations, canons, contre-points doubles; elle les combine, les applique. Elle résume pour ainsi dire tous les artifices, toutes les ressources de la composition; elle donne la connaissance et l'expérience de tous les procédés de l'art propres à produire des effets. En forçant l'élève à composer toujours par rapport à un sujet, elle lui enseigne à vaincre tous les obstacles; celui qui a opéré avec élégance et facilité, au milieu de toutes les entraves que présente son travail, se sentira plus alerte et plus fort ailleurs; qui peut le plus, peut le moins : c'est ce travail que l'on peut comparer aux semelles de plomb de la gymnastique, et non pas seulement celui du contre-point simple.

C'est encore là cet art de la forme, cet art du dessin dont parlait Méhul; c'est là le comment : là est la source de traits heureux et riches dans la forme des parties. C'est l'art de la fugue qui bannit d'une composition ce qui est lâche, aligné, tiré au cordeau; qui fait le style serré; qui donne ces contours vigoureux qui détachent les formes individuelles des groupes qui les renferment, comme on le voit chez les grands peintres; en un mot, c'est là la vie et la force; c'est là que doit se faire l'étude profonde des rapports de la force rhythmique à la force tonale; c'est là que se préparent et s'élaborent — trop souvent à l'insu de l'élève — les résultats féconds et forts de ces relations.

Mais rapprochons-nous des connaissances de l'élève des classes d'harmonie, et montrons-lui dans l'étude de la fugue des avantages qu'il comprendra tout d'abord, et qui lui sembleront plus en rapport avec les idées que ces mêmes études de l'harmonie lui ont faites de l'art.

Le travail de la fugue enseigne à accompagner un sujet, à bien moduler plusieurs parties, à éviter la confusion de mélodie et de modulation ; une foule de combinaisons utiles, nécessaires ailleurs, deviennent familières par son étude ; par exemple : l'addition des parties moyennes aiguës et graves, surtout la double basse, si utile pour accompagner les voix par l'orchestre. Ayant constamment besoin du contre-point simple bien dessiné, le travail de la fugue forme la raison, l'expérience, l'esprit, l'adresse du compositeur ; elle lui donne l'expérience de la vie dont il faut vivre ; elle lui enseigne à agir, à se conduire, à se tirer d'affaire dans une foule de cas où celui qui n'a pas fait ce travail est embarrassé ; on peut comparer celui qui connaît la fugue à l'homme qui a beaucoup voyagé, beaucoup vu, dont la raison a été formée, le jugement éclairé par des vicissitudes et des rapports sociaux de divers genres fréquents, multipliés.

Si nous parlons de l'analyse des ouvrages des grands maîtres, quel est l'élève d'harmonie qui ne s'est pas aperçu mille fois que les plans, les détails de facture, l'intention, le génie de l'auteur lui échappaient dans l'analyse, et qu'il ne retirait souvent de l'examen le plus assidu que des observations sur des cas particuliers d'harmonie, de modulation ou de contre-point simple, toutes choses excellentes, mais insuffisantes pour celui qui aspire à produire toute sorte d'effets? D'où venait cela, si ce n'est de ce que l'élève ignorait la fugue, ses procédés et sa langue, pour analyser ce qui, à cause de cette ignorance, restait stérile sous ses yeux? Peut-on retirer tout le fruit de ses lectures, tant qu'on ignore la langue et la théorie des pièces intriguées et fuguées, madrigaux *ricercare* et des morceaux de symphonie plus ou moins développés? Que l'on suppose un élève qui n'aurait pas la moindre idée de l'instrumentation ni des effets de sonorité des instruments, il manquerait toujours, aux analyses qu'il ferait des plus belles partitions, cette étude importante, et à sa puissance artistique un des plus grands moyens de l'art. Ou bien supposons encore un élève qui n'analyserait, dans les partitions, que les accords plaqués, sans jamais s'approprier par l'étude et par le travail la théorie et la pratique des notes accidentelles ; ou bien encore celui qui se contenterait de recueillir les accords sans leurs successions, qui ignorerait complétement les modulations ou les marches harmoniques; certes, ses analyses ne mettraient à sa disposition qu'une faible partie des forces dont ses maîtres auraient disposé pour produire les effets même qui ont déterminé sa vocation.

Tels sont les avantages que l'on retire de l'étude de la fugue, abstraction faite du système d'harmonie que l'on lui applique.

Après cette apologie de la fugue, nous ne serons pas suspect de n'être pas partisan des bonnes et fortes études.

Si nous nous demandons maintenant quel est le but médiat et immédiat des restrictions dans les études du contre-point et de la fugue signalé par tous les traités, si nous examinons la distinction des styles quant à la matière et à la forme, en ne considérant que les rapports de cette distinction au technique de l'art, sans envisager ses rapports à l'esthétique ; par exemple, si nous

la considérons dans ce que l'on nomme style d'école, contre-point, style sévère, style rigoureux [1], nos conclusions seront que toutes ces prohibitions,

[1] La distinction d'un style n'est fondée en raison que lorsque des causes telles que
l'influence d'une tonalité, ou le long usage d'une manière de composer, à une époque, ou une sorte de consécration, ou des propriétés esthétiques qui sont reconnues
résulter immédiatement des matériaux mis en œuvre, ou enfin d'autres causes puis-
santes séparent un genre de musique d'une manière si tranchée, qu'il devient une
partie intéressante des études : d'abord dans le but de reproduire les effets qui y sont
attachés; secondement, comme objet d'érudition presque indispensable eu égard à
son importance historique. Or, on est d'accord assez généralement que cela a lieu
pour le style dit style rigoureux, style sévère, style ancien, style ecclésiastique en
général, et en particulier pour le style *alla Palestrina*.

Une distinction des styles fondée sur des causes secondaires qui ne modifient en
aucune façon les moyens naturels de l'art, telles que des conditions et des restrictions dans l'emploi de certains accords, de certaines formes, de certains plans, ne
doit pas exister.

Une division qui ne serait fondée que sur la destination, l'appropriation des produits de l'art à certains usages, comme à l'église, au théâtre, ne doit être discutée que
dans le cours d'esthétique; autrement nous aurions à étudier, à l'école, en nous oc-
cupant du technique, autant de styles qu'il y a eu d'artistes célèbres, autant de styles
que la musique a de formes diverses d'harmonie et de mélodie.

Voici ce que nous trouvons dans Gottfried Weber au sujet de ces dernières propositions; l'autorité, comme l'on sait, est imposante.

« Puisque, cependant, la question des permissions et des prohibitions, dans tel ou
« tel style, nous vient en travers à chaque instant dans les théories qui ont précédé la
« nôtre, ainsi je veux en prendre l'occasion de m'expliquer là-dessus une fois pour
« toutes. A ce point de vue, premièrement, quant à ce qui concerne la distinction du
« style *rigoureux* et du style *libre*, je veux simplement, tout d'abord, avouer ouverte-
« ment (ce que je pense développer plus près dans l'esthétique) que je maintiens, je garde,
« je conserve, je retiens (ich gar wenig halte) bien peu de toute cette distinction ; mais
« encore bien moins des théories techniques qui disent : ceci ou cela est—« défendu
« dans le style rigoureux, mais permis dans le style libre. »—Quelque chose sonne-t-il
« mal? aussi la théorie doit le défendre partout ; mais il n'existe nulle part un fondement
« pour prohiber le bien sonnant. Une défense est-elle réellement fondée, ainsi le
« style qui s'abstient de ce qui est défendu est aussi *seulement* le bon style, et cha-
« que autre qui, moins consciencieux, transgresse la défense, nécessairement un style
« fautif, le style nommé style *libre*, c'est-à-dire contraire à la règle, par conséquent
« un *mauvais*, tout au moins un *plus mauvais* style.

« Pour ce qui concerne spécialement la distinction du style *profane* et du style ec-
« clésiastique, j'ai aussi du dernier une idée trop élevée pour que je puisse tenir son
« essence dépendante de telles prohibitions techniques. Malheur sur la dignité du
« style ecclésiastique, si l'on doit chercher sa distinction du style profane dans le non-
« usage de tel ou tel matériel de l'art!.....

« .... Maintenant combien doit-on faire usage des combinaisons de sons
« plus ou moins dures ou douces pour tel ou tel but dans l'art? Déterminer cela ne

ces restrictions, ces règles, ces préceptes, la plupart négatifs, sont purement disciplinaires.

Mais les raisons morales que l'on en donne ne sont pas présentées dans chaque traité, dans chaque école et par chaque professeur d'une manière assez explicite ; on n'insiste pas assez fort, assez longtemps, assez ouvertement sur ces raisons ; et cependant, à mon sens, ce sont les plus fortes pour vaincre les dégoûts des élèves.

[1] J'ai cru bien faire de rassembler et de grouper ici diverses citations où les raisons de cette règle, de cette discipline, sont clairement indiquées :

« Le contre-point, qui n'est aujourd'hui qu'une étude destinée à produire « convient pas au *technique*, mais au sentiment juste, et en dernier ressort à l'es- « *thétique*.....

« ...... [.. Que l'on ne me réplique pas aussi par la phrase en usage : « Le pré- « cepte de la préparation de toutes les dissonances s'applique au style rigoureux ; « mais dans le style libre, il est permis de les faire entrer sans préparation. » Après « que je me suis prononcé une fois sur la distinction *technique* des styles, je pense « ne devoir pas répondre encore une fois aux objections de ce genre.....

« .... Ou bien peut-être de telles *exceptions* sont aussi là encore « per- « mises seulement dans le style libre, mais défendues dans le style rigoureux ? » Je me « suis déjà expliqué sur cette question. Au reste ; *pourquoi* donc seraient-elles per- « mises dans celui-ci et non dans celui-là ? Parce que c'est dans la nature des cho- « ses ? ou parce que le théoricien Y ou Z l'a une fois dit ?.....

« .... Après que j'ai avoué mon opinion déjà une fois sur une telle « distinction des styles, je ne me déclare plus plus amplement sur des prohibitions « de cette nature dans le *technique* de l'art. »

Gottfried Weber, theorie der tonsetzunist.

Une distinction des styles fondée sur l'inexpérience, l'inhabileté des exécutants, serait encore plus vaine.

A la vérité la musique vocale a pu, à certaines époques, souffrir des restrictions dans l'emploi des accords et des mouvements mélodiques ; mais, en dehors des raisons que j'ai admises, je ne considère pas ces restrictions comme suffisantes pour constituer un style, ou bien l'on abuse étrangement du mot *style*. On s'est toujours permis, pour les voix des théâtres, ce que l'on ne s'est pas permis pour les églises ; il en est résulté que l'on a pu et que l'on pourrait se permettre, pour les voix de telle ou telle chapelle ou de tel ou tel théâtre, des choses différentes ; il est facile de voir à quelles divisions et subdivisions des styles ceci nous conduirait. Qui ne sait que de nos jours les voix redoutent moins les difficultés d'intonation ? nous serions conduits loin si nous voulions discuter la cause de ce progrès ; quand on sera disposé à examiner et à diriger officiellement cette cause, ce qu'il y a tantôt vingt ans que l'on néglige ou retarde de faire, les voix redouteront bien moins encore cette difficulté ; alors la division des styles, basée sur l'inhabileté des masses chorales, courra de grands risques de ne plus exister. Enfin, d'ailleurs, il est aisé de voir que toutes ces restrictions touchent à la question du plus ou du moins dans un même ordre d'idées, dans une même nature de choses, source intarissable de disputes ; il y a beaucoup de styles d'école même en dehors du style rigoureux.

[1] *Gazette musicale*, page 389, première colonne, ligne 13.

« sur nos facultés musicales le même effet que ces semelles de plomb atta-
« chées aux pieds des coureurs dans la gymnastique des anciens, le contre-
« point, dis-je, fut autrefois un genre de musique en usage; disons plus : c'é-
« tait le seul connu, etc., etc. » — Fétis, *Traité du contre-point et de la
fugue*, tome Ier, page 4, art. 1.

« . . . . Considéré comme étude, le style *alla Palestrina* est encore excel-
« lent; et, pourvu que cette étude soit faite en temps opportun, le jeune
« compositeur y puisera une facilité, une élégance qu'il n'aurait jamais sans
« elle. » — Fétis, tome Ier, page 129.

« . . . . Jusqu'ici, je n'ai eu pour objet que les compositions destinées
« aux voix. . . . Aussi, les règles qui s'appliquent à la musique instrumen-
« tale sont-elles beaucoup moins rigoureuses, puisqu'elles n'ont pour objet
« que la pureté d'harmonie. » — Fétis, tome II, page 154, art. 281.

« . . . . . Les saines doctrines dont l'exercice, qui semble insignifiant
« d'abord, est propre uniquement à bien diriger les élèves dans une route
« longue, mais sûre, tandis que celle qui leur paraîtrait plus courte et plus
« facile n'est qu'un chemin trompeur, qui, loin de les mener au savoir, ne
« ferait que les en écarter. Le génie lui-même ne doit point s'affranchir des
« règles sévères ; car si l'imagination n'était dirigée par aucun frein, etc.,
« etc.... » — Rapport de l'Académie des beaux-arts, section de musique,
sur le *Traité de contre-point et fugue* de M. Fétis.

« Il est nécessaire que l'élève soit contraint de suivre des préceptes sé-
« vères, afin que, par la suite, composant dans un système libre, il sache
« comment et pourquoi son génie, s'il en a, l'aura obligé de s'affranchir sou-
« vent de la rigueur des premières règles. C'est en s'asservissant d'abord à
« la sévérité de ces règles, qu'il saura ensuite éviter prudemment l'abus des
« licences, etc., etc. » — Cherubini, *Cours de contre-point et fugue*, introduction.

« Vous voyez que , d'avance, l'illustre compositeur annonce à l'élève,
« qu'un jour il saura *s'affranchir de la rigueur des premières règles*; mais,
« en attendant, il veut que l'élève respecte les entraves qu'il va lui donner,
« qu'il les accepte et s'y soumette volontairement et sans murmure; et,
« plus tard, l'élève reconnaîtra peut-être qu'à cette même rigueur, à ces sa-
« lutaires entraves, il devra plus de vigueur dans la pensée, plus d'indépen-
« dance dans le style, plus de souplesse enfin dans l'exécution, alors qu'il
« marchera dans sa force et dans sa liberté. » — *Gazette musicale*, article
de M. Halévy sur le *Cours de contre-point et fugue* de Cherubini.

« L'élève doit écrire pour des voix et non pour des instruments. . . . . .
« Il y trouvera l'avantage d'apprendre à produire des effets pour les voix
« seules, étude difficile et peut-être trop négligée, et il se trouvera ensuite
« bien plus à l'aise lorsqu'il écrira pour des instruments, et que, par consé-
« quent, il ne sera plus obligé de se renfermer dans les limites des voix. »—
Cherubini, *Cours de contre-point et fugue*, page 5.

« Que les élèves s'exercent quelque temps dans le style rigoureux, ils ap-
« prendront à écrire purement pour les voix, à moduler sagement, à tirer
« grand parti des accords consonnants, et à employer les dissonances avec
« plus de retenue et de connaissance de cause. » — Reicha, *Haute composition,* tome Ier, page 6, § 2 du style rigoureux.

Voici maintenant ce qu'on peut objecter au contre-point :

Considérée à un point de vue absolu, cette étude n'a pas d'autre but immédiat que la connaissance et l'imitation du style *alla Palestrina* et de la fugue ancienne ; l'application de cette étude est rare, et, tout utile qu'elle est,
ses difficultés vaincues sont plus un moyen qu'un but.

Mais si nous envisageons le contre-point au point de vue des ouvrages modernes, nous trouvons sa discipline, sa règle insuffisantes, à cause des restrictions et des prohibitions qu'elle impose à la matière et à la forme dont les
domaines se sont tant agrandis de nos jours. Nous lisons dans le *Traité
d'harmonie* de Reicha, à la page 192 :

« Ces nouveaux genres, la musique dramatique, la musique instrumen-
« tale et la musique de salon. . . . . s'éloignèrent peu à peu du genre ri-
« goureux enseigné dans les cours de composition, et en usage dans la mu-
« sique d'église ; ils donnèrent naissance à la *musique libre,* dont le style a
« prévalu.

« On a donc tort de ne pas en enseigner les principes aux élèves, qui, en
« sortant des mains de leurs maîtres, sont déconcertés de n'entendre que de
« la musique composée dans un genre diamétralement opposé à celui qu'ils
« ont étudié ; d'où il résulte que beaucoup d'élèves croient que tout est per-
« mis dans la musique libre, et, ce qui est encore plus dangereux, que l'étude
« approfondie de la composition devient tout à fait inutile. »

Reicha a écrit aussi, dans son *Traité de haute composition,* tome II, p. 6 :

« Que les partisans exclusifs de la fugue ancienne s'en prennent à ces il-
« lustres maîtres (les plus célèbres compositeurs dont il cite les fugues), si
« ce que nous avons indiqué sur la fugue moderne n'est pas de leur goût.
« Quant à nous, notre devoir est de rendre compte de tout ce qui existe, et
« de tout ce qui peut intéresser l'art. Si la composition musicale faisait des
« progrès, et que les traités sur cet art restassent toujours en arrière, il est
« évident, pour l'esprit le plus borné, que ces traités finiraient par devenir
« illusoires et nuls. » Il y a en note : « Car en musique, comme en litté-
« rature, et dans tous les arts, les règles ne sont que des résultats d'obser-
« vations faites sur la pratique des grands maîtres. »

Et ici commence notre critique qui, nous le répétons, n'est pas absolue,
mais seulement relative. Reportons-nous à tous les points de vue d'où nous
avons considéré le contre-point, et voyons les critiques que nous avons à faire
de l'enseignement ordinaire et des traités à chacun de ces points de vue.

Et d'abord le sens du mot : nous avons vu combien la signification du mot contre-point était confuse, variable, peu fixe; il serait à désirer que l'on joignît toujours à ce mot ceux qui en modifient le sens d'une manière claire. Se fier aux circonstances où l'on le place, pour en déterminer la signification, est complétement insuffisant; tout le monde n'a pas l'érudition nécessaire pour juger d'après ces circonstances, et alors il résulte de l'emploi de ce mot mal défini toutes les erreurs que nous avons signalées. Prenons la peine de dire *contre-point simple, contre-point double, contre-point alla Palestrina sur le plain-chant, imitation, canon, fugue simple, fugue double;* disons encore un beau *contre-point double,* de beaux *contre-points doubles,* ou mieux *renversables.* De plus, il ne faut pas donner trop d'extension au mot *contre-point;* il est permis par l'usage d'entendre sous ce mot les connaissances nécessaires à la fugue, c'est-à-dire le contre-point simple et double, l'imitation, le canon; l'on ne doit jamais étendre le mot contre-point à la fugue; mais surtout gardons-nous bien, en donnant au mot *contre-point* une extension plus grande encore, d'en faire le synonyme de *composition :* évitons avec soin de faire marcher parallèlement ou en regard du mot composition le mot contre-point. D'abord, les contre-points simple et double, l'imitation, le canon, la fugue, tout cela basé sur le système d'harmonie et de modulation le plus large, est loin d'être la *composition,* tant s'en faut; *a fortiori,* ils ne le sont pas avec les prohibitions et restrictions de la plupart des traités de contre-point sur les accords et leur emploi.

Nous ferons disparaître par là seulement bien des doutes, des embarras, des obscurités, bien des objections. Pour que le contre-point et la fugue aient de nombreux partisans, il ne faut pas les déguiser, mais les montrer ce qu'ils sont, les donner pour ce qu'ils sont; il faut dire que leur étude n'est pas exclusive et ne doit pas l'être. Les donner pour *la composition,* c'est vouloir que l'on ferme toujours les yeux sur leurs qualités, et que l'on ne voie que leurs défauts. Vu l'état actuel des idées, ce que l'on devrait beaucoup soigner d'un traité de contre-point, c'est la préface.

Critiquons maintenant l'enseignement du contre-point sous ses divers aspects. [1] Si le contre-point devait être seulement pour l'élève un objet d'érudition, une étude historique d'archéologie du style *alla Palestrina,* le meilleur traité de contre-point serait incontestablement celui qui unirait à la plus profonde érudition dans le texte explicatif, le plus de fidélité, de vérité historique dans les modèles.

Dans le cas où l'élève voudrait, avec des moyens identiques, imiter, dans un but quelconque, les monuments de l'époque de Palestrina ou d'une autre époque, l'enseignement du contre-point devrait joindre aux qualités dont nous venons de parler celles d'une bonne méthode philosophique, pour exposer et graduer les difficultés et les faire vaincre à l'élève [2].

---

[1] *Gazette musicale,* page 390, deuxième colonne, ligne 23.

[2] Je crois qu'en laissant subsister la sévérité la plus grande, et du reste mainte-

'On a vu plus haut les observations que j'ai cru devoir présenter sur les traités de contre-point récemment publiés, envisagés dans leurs rapports à la tonalité du plain-chant; c'est ici le lieu de rappeler ces observations : il résulte du plan de ces auteurs que la tonalité ancienne et le style des compositions basées sur elle ne dominent pas assez exclusivement leur enseignement, ou que, dirigeant leur enseignement vers la tonalité moderne, et voulant cependant conserver comme exercices les formes et le style des compositions *alla Palestrina*, il y a une certaine réaction de ces choses les unes sur les autres qui obscurcit et embarrasse ces beaux ouvrages.

J'ai parlé du contre-point en tant qu'exercice, je l'ai critiqué sous ce point de vue dans son rapport avec les restrictions des traités ; considérons maintenant le contre-point et la fugue dans leurs relations aux richesses modernes d'harmonie et de modulation [1] ; ensuite, nous rappellerons les avantages ou les inconvénients relatifs et absolus du système de restriction, et nous conclurons.

[2] Les sensations des sons et les idées qu'elles nous laissent sont analysées par l'âme au moyen de toutes ses facultés : à mesure que ces sensations se multiplient et se compliquent, la raison musicale humaine se forme ; les langues orales et écrites appliquées à ces idées augmentent la force et la puissance de cette raison : la science est créée. Cette raison subit les influences de climat, de tempérament, de civilisation : il a fallu bien des siècles pour mûrir celle des nations modernes civilisées; elle est *sui generis*, séparée de la vérification des autres sens, et ne fait intervenir dans ses jugements que les idées acquises par l'ouïe. La musique a ses axiomes, idées intuitives, bases de certitude.

Du moment où la raison musicale de l'homme plus formée eut entrevu les premières lueurs de l'ordre d'idées que l'on a nommé tonalité moderne, on sentit bientôt qu'il n'y a pas seulement des faits physiques d'accord, de concomitance dans les agrégations de sons, qu'il faut connaître afin de ne pas faire éprouver à l'oreille des sensations insupportables; mais qu'il y a aussi des espèces de convenances morales, méthaphysiques, relatives à la raison musicale ; on vit bientôt que l'on ne peut obéir à ces convenances qu'autant que l'on a une grande habitude de la langue musicale et de la combinaison des idées mélodiques et harmoniques.

Mais pour découvrir les causes ou seulement les règles de nos jugements

nant toujours la division du contre-point en cinq espèces, division excellente pour l'étude, la méthode de procédés pour arriver à vaincre les difficultés du contre-point simple de 2 à 8 parties réelles, est à faire.

[1] *Gazette musicale*, page 388, deuxième colonne, ligne 34.

[2] Voir la note de la page 23.

[3] *Gazette musicale*, page 391, première colonne, ligne 15.

à cet égard, il fallait observer les effets, et les effets n'existaient pas.

La théorie[1] de la musique ne pouvait être trouvée que dans les ouvrages de l'art, car les lois de la musique n'existent pas dans les matériaux de la musique : sons, durées, sonorités, accents, articulations; elles n'existent que dans leur mise en œuvre ; rien, dans la nature, n'en offre immédiatement la synthèse à l'observation de l'homme : si l'homme n'avait jamais créé de musique, elles n'existeraient pas pour lui. L'homme les invente implicitement en inventant l'art tous les jours : les œuvres ne sont que l'expression, le symbole de ces lois, à traduire en langue vulgaire. Par là même, longtemps l'observation et l'expérience furent difficiles en musique ; elles supposaient un degré de culture artistique de la voix et de l'oreille peu commun, une raison musicale formée qui était rare. La langue et les faits, tout était là mystérieux. Plus que partout ailleurs, l'autorité fut immense, despotique ; elle faisait l'art. Le génie des artistes sentait et créait tant de finesses, de subtilités, de soi-disant licences ! Il fallut péniblement et longuement analyser tout cela.

Cette œuvre, commencée dans les chants vulgaires du moyen âge, et déjà fort avancée au quinzième siècle, s'est continuée sans interruption jusqu'à nos jours. Il serait facile de citer les noms de ceux qui, depuis trois siècles, ont le plus contribué à élever ce monument à jamais glorieux de l'inspiration et de l'activité de l'homme.

Le résultat de tant de travaux théoriques et pratiques a été d'introduire dans les compositions modernes plusieurs accords autres que ceux dont se servaient les anciens contre-pointistes, des modifications fécondes de ces accords, et au moyen de tout cela, des transitions, des surprises d'un coloris vif et brillant ; enfin tout un nouvel ordre de faits dans l'emploi des notes accidentelles dont la théorie est encore à formuler. On ne peut nier que tous ces moyens, considérés seulement comme matériel technique, forment un trésor inappréciable dont les anciens n'ont pu disposer, ne le connaissant pas.

On pourrait, en comparant la musique à la peinture, dire que les anciens ont connu et pratiqué le dessin dans ses formes les plus simples et les plus pures, — en négligeant ou ignorant plusieurs autres, — et qu'ils n'ont eu aucune connaissance de la couleur, du coloris. C'est peut-être ici le lieu de dire que, de même qu'il est difficile à un peintre de se montrer grand coloriste et grand dessinateur dans un même tableau ou dans une même figure, de même les compositeurs éprouveraient quelques difficultés à placer, au même instant précis, dans un jour favorable, l'éclat de l'harmonie et les formes — le dessin — convenues et restreintes des plus anciennes écoles. Je ne veux pas dire que le même homme ne puisse être harmoniste et contre-pointiste; je ne dis pas non plus que l'on ne puisse aujourd'hui montrer dans une même page le talent du contre-pointiste et de l'harmoniste unis à un degré

[1] *Gazette musicale.* page 389, deuxième colonne, ligne 27.

éminent ; je dis que les harmonies qui ont le plus d'éclat, de piquant et de force, et les effets des notes accidentelles, veulent souvent être secondés par un certain emploi du rhythme et de son accent, et que ce n'est pas dans le dessin d'un canon à l'écrevisse, ni dans celui d'une imitation *alla Palestrina*, que l'on pourra mettre le plus facilement en relief une harmonie ou des transitions intéressantes. Et si l'on y réfléchit, on verra que les divisions des harmonistes et des contre-pointistes très-sévères pourraient bien avoir des causes qui touchent à ce fait d'assez près ; mais autre chose sont les œuvres d'art, autre chose sont les études.

Quoi qu'il en soit, le besoin de la couleur, dont les compositions de Carissimi et de Scarlati commencèrent à donner le sentiment, a augmenté avec les âges ; longtemps l'influence de l'enseignement le comprima pendant que les produits de l'art le signalaient ; les entraves de chaque école trop sévère furent brisées successivement par des hommes de génie, quand l'époque fut venue de les briser ; nous avons vu de nos jours quelques-uns de ces hommes, chez lesquels ce sentiment est le plus impérieux, mal d'accord avec les sévères conservateurs de la science.

Il était réservé à une invention mécanique, à un instrument, de devenir une source intarissable d'expériences, et par là même d'instruction immense. Le piano, sans lequel peut-être tant d'erreurs eussent été adoptées, tant de vérités repoussées, devenu populaire, fut l'interprète fidèle de l'inspiration de l'homme et des lois de la nature musicale ; ce fut à la fois le tribunal, le juge, le témoin de la vérité ; sa voix fut l'enseignement le plus solide. Du reste, par lui le sentiment et l'amour de ce coloris musical pénétrèrent dans les masses et, sous son influence, parvinrent chez un grand nombre à un haut degré d'exaltation.

Ce sont ces trésors de l'harmonie que les écoles de contre-point cachent ou interdisent à leurs élèves, comme un père sage cache sa fortune à un jeune étourdi dont il craint l'imprudence et les prodigalités, jusqu'au moment où, devenu homme, il saura en faire un digne usage ; ou bien comme une mère tendre cache à son enfant la substance qu'il goûte si délicieusement, afin qu'il n'en fasse pas un usage nuisible à sa santé ; ou bien encore, comme ce précepteur qui commande le silence à son élève, qui lui défend de courir sur les cimes escarpées ou de cueillir les fleurs sur les rives des fleuves.

'Mais de même que lorsque l'enfant est devenu homme, on le livre aux lumières de sa raison et de son expérience, ou mieux encore, loin de s'en tenir à des préceptes négatifs, on lui donne un enseignement et des instructions en rapport avec l'état de sa raison et sa position dans la vie ; de même il est à désirer que l'élève de contre-point, après s'être conformé dans des exercices à toutes les prescriptions négatives, au sujet de l'harmonie moderne, dans le contre-point *alla Palestrina*, la fugue ancienne ou la fugue mixte, refasse

' *Gazette musicale*, page 390, première colonne ; page 391, première colonne, dernière ligne.

tous les mêmes exercices, depuis le contre-point simple jusqu'à la fugue moderne inclusivement, avec toutes les richesses de l'harmonie classées dans les traités d'harmonie les plus estimés, et en écrivant tantôt pour des voix, tantôt pour des intruments.

Il est bien entendu qu'avec de semblables éléments qui, en eux-mêmes et par les conditions de leur mise en œuvre, exprimeront fortement la tonalité moderne, toutes les propriétés esthétiques du contre-point *alla Palestrina* supposées fondées sur la tonalité antique disparaîtront ; mais ce n'est pas de cela qu'il s'agit ici. Si, au contraire, des propriétés esthétiques sont attachées seulement aux formes du dessin rhythmique dans le contre-point *alla Palestrina*, ces propriétés esthétiques persisteront, si l'on conserve ces mêmes formes avec le matériel technique moderne. On pourra faire cet essai ; le style rigoureux discuté par Reicha, page 6, tome I, de son *Traité de haute composition*, est quelque chose d'approchant, quoique encore avec nombre de restrictions dans l'harmonie et la modulation.

Mais, dira-t-on, abstraction faite de ces considérations de tonalité, plusieurs formes du contre-point excluent ce système plus large d'harmonie et de modulation ; vous-même avez appelé l'attention là-dessus il n'y a qu'un instant. Je réponds que je veux ce qui sera possible, et rien que ce qui sera possible raisonnablement, et que la pratique que je signale comme étude a justement pour but de tenter ce possible. Jetons cependant un coup d'œil sur ces prétendus obstacles, et tâchons de déterminer ce possible *à priori*.

' Il n'est pas besoin de prouver, je pense, que d'immenses richesses d'harmonie et de modulation ont été employées, depuis Monteverde jusqu'à nos jours, auxquelles on n'a pas appliqué en France, d'une manière suivie et systématique, les études de l'art d'écrire ; bien loin de là, à peine possède-t-on un inventaire exact de ces trésors.

L'Allemagne, mieux inspirée, a montré dans les travaux de ses artistes, et souvent dans ceux de ses théoriciens, une tendance constante à se les approprier ; on sait ce qu'elles ont produit depuis Keyser dans les mains de S. Bach, Haydn, Mozart, Beethoven ; mais l'on ignore peut-être que c'est aux analyses qu'ont faites sur elles ensemble Gottfried Weber, Ch. Marie Weber et M. Meyerbeer, sous les yeux de l'abbé Vogler, et aux travaux de l'art d'écrire qu'ils y ont appliqués, que l'on doit les chefs-d'œuvre de Weber et de M. Meyerbeer, qui ont excité une admiration universelle, et rendu célèbre cette école alors obscure, et il faut bien le dire, assez maltraitée [2].

Quant à l'Italie, elle semble avoir cédé dans tous les temps à l'influence de ses institutions qui conservaient trop sévèrement les traditions des an-

[1] *Gazette musicale*, page 387, première colonne, ligne 8 ; page 389, première colonne ; page 389, deuxième colonne, ligne 27 ; page 391, deuxième colonne, dernière ligne.

[2] *Gazette musicale*, page 390, deuxième colonne, ligne 17.

ciennes écoles, plus qu'à l'instinct heureux qui l'inspira toujours; cependant Scarlatti, Marcello, Leo, Durante, Jomelli, Pergolèse, puisèrent à cette mine féconde.

'Donc assez de travaux immortels ont prouvé que les richesses de l'harmonie et de la modulation moderne ne sont pas incompatibles avec les formes scientifiques ; il suffit de nommer Bach, Haydn, Mozart, Cherubini.

Appliquons donc à ces richesses la méthode et les divisions du contre-point simple du style rigoureux, méthode excellente, qui n'a rien de superficiel et qui concentre successivement l'attention vers un but unique, première condition d'une étude réfléchie. Laissons toute liberté au rhythme, afin qu'il prête l'appui de sa force aux modulations, et bannissons de nos exercices toutes les règles qui se rapportent à la tonalité antique; en un mot, ainsi que le dit M. Fétis, ne conservons des règles données à l'enfant devenu homme que « le soin d'éviter tout ce qui heurterait inutilement l'oreille et la cadence du rhythme [2]. »

L'application de ce contre-point simple aux formes de l'imitation et du

[1] *Gazette musicale*, page 387, première colonne, ligne 8, page 388, première colonne, ligne 28; page 389, première colonne; page 390, prumière colonne, ligne dernière.

[2] Dans l'ouvrage qui a pour titre : *Études de Beethoven dans l'harmonie et la composition*, t. I, ch. xv, p. 170, à ce titre : *Recueil d'exemples pour le style libre,* —lequel titre fait partie de la division contre-point, dans cet ouvrage— M. Fétis traducteur met en note :

« Les formes du contre-point n'ont rien de commun avec le style libre ; c'est une « erreur de quelques maître allemand (*sic*), particulièrement d'Albrechtsberger, de « confondre ces choses qui s'excluent. »

Soit; mais ce que veulent Beethoven et Albrechtsberger est un fait (*) rien ne peut détruire un fait ; ils le nomment contre-point, par analogie, je pense. Si l'on veut refuser à Beethoven, à Albrechtsberger, à Vogler, à Gottfried Weber, la faculté de juger jusqu'à quel point cette analogie permet d'employer le mot contre-point, à propos d'exercices de l'art d'écrire dans le style libre, alors que l'on choisisse un autre mot, mais que l'exercice qu'ils veulent subsiste, que la chose reste.

Quant aux rapports sous lesquels ces choses s'excluent, ils ne me semblent être que la tonalité, et partant la modulation ; ces différences que nous avons discutées dans cet écrit, ne me paraissent pas détruire tellement l'analogie, voire même la nature des choses, au moins en ce qui concerne les formes, que l'on ne puisse se servir du mot contre-point—surtout eu égard à son étymologie — au sujet des exercices de l'art d'écrire dans le style libre.

Voici, du reste, un des mille exemples de la confusion et des embarras qu'entraîne dans une science une mauvaise langue, et l'on ne la refera pas de sitôt cette langue ! Les musiciens n'entendent pas raillerie là-dessus ; quand il ne faudrait qu'une étude d'un jour de l'histoire de l'art pour se convaincre que dans tous les temps l'obscurité et les difficultés de la musique sont nées des signes, et que les faits et les idées y sont simples et clairs jusqu'à la puérilité !!

(*) *Ibid.*, page 387, ligne 8; page 389, 1re colonne ; page 391, première colonne, ligne dernière.

canon et à la fugue simple, ne me paraît sujette à aucune difficulté ; d'ailleurs, au fur et à mesure que la variété des modulations ou leur richesse apporteront des obstacles au développement des formes mélodiques conditionnelles, on considérera de plus en plus le travail comme n'ayant d'autre but que la difficulté vaincue et comme exercice d'école.

' Quant au contre-point double, ne parlant d'abord que de celui à l'octave, qui est le plus utile, le plus usité et le plus estimable, il est bien peu de richesses harmoniques et de modulations auxquelles il ne puisse s'allier ; surtout si l'on fait subir à son renversement, dans quelques accords, les modifications de modulations usitées pour les contre-points à la dixième et à la douzième, modifications toujours possibles ailleurs que dans la fugue, et desquelles d'ailleurs ne dépendrait pas la bonté d'une fugue. Dans les contre-points autres que celui à l'octave, il est incontestable que les richesses d'harmonie introduites déjà avec peine dans le modèle, à cause des conditions de renversement, ne se reproduiraient pas au renversement et ne s'y refléteraient même que difficilement ; mais j'ai déjà dit que nous voulions dans ces études interroger seulement le possible, et rien que le possible, selon le bon sens ; un peu d'expérience et surtout la connaissance des lois naturelles des contre-points doubles auront bientôt fait connaître les ressources et rejeter les bizarreries. Pour citer un exemple seulement, la quarte augmentée, bannie du contre-point rigoureux, étant employée dans le contre-point à la dixième, devient septième de sensible, septième diminuée ou septième dominante, et réciproquement la septième dominante et de sensible devient quarte ; voici de bons moyens d'harmonie et de modulation dans ce contre-point, lesquels moyens sont bannis du contre-point sévère. Qui ne voit d'ailleurs qu'en ajoutant des parties d'accompagnement à un contre-point double, on est libre de le comprendre et l'on doit souvent le comprendre dans toutes sortes d'harmonies et de modulations ? Ceci nous conduit à la fugue dans ses rapports à la question qui nous occupe.

La fugue, avons-nous dit, appartient à la tonalité moderne ; il n'y a pas d'autres obstacles à l'introduction des richesses d'harmonie et de modulations dans la fugue que ceux qui se présentent dans les imitations, canons, contre-points doubles, et il y a au contraire des avantages immenses à s'habituer à les appliquer à la matière de la fugue. Ajoutons qu'il est au moins ' singulier qu'un élève rencontre dans les madrigaux en contre-point fugué de Marenzio de Venoza, écrits depuis près de trois siècles, dans les compositions de Benevoli et plus tard de Scarlatti des harmonies et des modulations que l'on lui interdit dans le travail de la fugue ancienne. J'ai déjà dit que de ces prohibitions considérées par l'élève comme absolues et nécessaires à chaque genre, naissaient toutes sortes de dégoûts et d'erreurs.

C'est encore à ce sujet que l'on peut faire un grave reproche aux traités

' *Gazette musicale*, page 388, deuxième colonne. ligne 38.

de contre-point : puisqu'ils laissent entrevoir et dans leur texte et dans leurs modèles relatifs à la fugue, qu'elle supporte un système d'harmonie et de modulation moins restreint, plus large que le contre-point *alla Palestrina*, pourquoi ne le disent-ils ni assez ouvertement, ni d'une manière assez explicite ; pourquoi ne traitent-ils pas directement ce sujet d'une manière succincte, et ne montrent-ils pas *ex professo* dans des modèles de quelques lignes l'application de l'harmonie moderne à la matière de la fugue ? Et remarquez que je n'insiste sur ce point qu'à cause de l'autorité de leur nom ; je l'ai déjà dit, la connaissance la plus parfaite de la nature intime de l'art est insuffisante pour être juge en matière de formes conditionnelles : à moins de posséder une bibliothèque d'ouvrages pratiques des diverses époques, et de refaire soi-même, par l'observation, l'histoire et la science de ces formes, il faut s'en rapporter à l'autorité. Les prescriptions purement disciplinaires de ces autorités, prescriptions dont le but n'est pas assez nettement expliqué ni justifié, je ne cesserai de le dire, et les modèles qu'elles ont donnés, ont été dans tous les temps la cause de bien des doutes, des erreurs, des préjugés et des dégoûts funestes à l'art. Au temps de Frescobaldi, le mal existait déjà, les controverses avaient déjà commencé ; nous avons vu de nos jours ce qu'ont eu à supporter les écoles de Vogler et de Reicha ; quoique sa position de professeur de contre-point au Conservatoire ait dû gêner sa critique des études, Reicha s'est expliqué nettement là-dessus.

Je renvoie à la citation déjà faite, page 29, de quelques lignes de son *Traité d'harmonie*, et particulièrement de son *Traité de haute composition*, « Que les partisans exclusifs de la fugue ancienne, etc. »

[1] Aussi longtemps que le riche matériel de l'art entrevu par le bon sens musical sera exclu du domaine des formes conditionnelles, voire même dans les études et les exercices d'école, il y aura des résistances à l'autorité des doctrines et des luttes contre elle ; que sera-ce quand cette exclusion voudra atteindre les œuvres elles-mêmes de l'art !

[2] S'il était besoin de citer les noms les plus illustres à l'appui de cette opinion, et les critiques les plus virulentes du contre-point sévère ou rigoureux par des musiciens dont le nom est d'un grand poids ; certes, je pourrais le faire [3]. Mais me faisant à moi-même l'objection que l'amertume de leurs critiques est née peut-être de ce qu'ils n'avaient pas envisagé le contre-point sous tous ses aspects, je pense qu'il vaut mieux ne pas compromettre leur nom et le droit, en citant leurs arguments auxquels on croirait répliquer par

---

[1] *Gazette musicale*, page 387, première colonne, ligne 8 ; page 388, première colonne, ligne 28.

[2] *Ib.*, page 388, première colonne, ligne 28 ; page 389, première colonne ; page 390, première colonne.

[3] Vogler, *Choral system* ; Vogler, *System für den Fugenbau* ; Gottfried Weber, *Theorie*.

plusieurs considérations favorables au contre-point rigoureux, et que j'ai exposées moi-même dans cet écrit avec une entière franchise ; je préfère démontrer l'insuffisance des traités de contre-point ancien, en faisant connaître quelle idée se font des études techniques de l'art d'écrire les auteurs eux-mêmes de ces traités, ou ceux qui ont écrit pour nous en recommander l'usage et l'étude.

« Le jeune compositeur qui aura suivi avec soin les instructions contenues « dans ce cours d'étude, une fois parvenu à la fugue, n'aura plus besoin de « leçons; il pourra écrire avec pureté dans tous les styles, et il lui sera facile, « en étudiant les formes des différents genres de composition, d'exprimer « convenablement ses pensées et de produire l'effet qu'il désire. » Cherubini, *Cours de contre-point et de fugue. Introduction.*

« La composition à plusieurs parties est une science, qu'on désigne sous « le nom de *contre-point*; c'est celle que M. Reicha et moi enseignons à « l'École royale de musique. Elle est fondée sur d'autres considérations que « celle des accords pris isolément; j'en ai développé les principes dans un « traité qui paraîtra sous peu. » Fétis, *Méthode d'harmonie et d'accompagnement. Avertissement*, page 2.

Ce traité du contre-point et de la fugue, qui fut publié par M. Fétis quelques années après sa *Méthode d'harmonie et d'accompagnement* que nous venons de citer, a pour titre : *Traité du contre-point et de la fugue, contenant l'exposé analytique des règles de la composition musicale, depuis deux jusqu'à huit parties réelles.* »

Quelques années plus tard, M. Fétis écrivait dans la *Revue musicale* (t. I), à propos de ce traité et des traités d'harmonie et de haute composition de Reicha :

« Les traités de M. Reicha ont pour objet le style moderne. Je n'ai en vue « dans mon traité que le style ancien, me réservant de traiter de la compo- « sition dramatique et instrumentale dans un autre ouvrage. »

Cet ouvrage n'a pas été publié.

« Composer n'est pas seulement imaginer des mélodies agréables, ou « trouver l'expression vraie des divers sentiments qui nous agitent, ou faire « de belles combinaisons d'harmonie, ou disposer les voix d'une manière « avantageuse, ou inventer de beaux effets d'instrumentation : c'est faire à « la fois tout cela et beaucoup d'autres choses encore. » (M. Fétis, *la Musique à la portée de tout le monde*, page 99, première édition.)

« Il fut un temps où l'on ne pouvait pas dire que les musiciens compo- « saient; seulement ils arrangeaient des sons. Ce temps renferme près de » trois siècles, c'est-à-dire depuis la fin du treizième jusque vers 1590. » (M. Fétis, *ibid.*)

« Les musiciens de profession appellent celui qui enseigne l'art d'écrire « en musique un *professeur de contre-point.* » (M. Fétis, *la Musique à la portée de tout le monde.*)

« Bien que le contre-point ne jouisse pas maintenant de beaucoup de con-
« sidération, et quoique beaucoup de gens le traitent de *guenille*, j'avoue,
« comme le bonhomme des *Femmes savantes*, que *ma guenille m'est chère*,
« ce savoir qui n'est qu'une suite d'observations sur les convenances de
« l'agrégation ou de la succession des sons [1], etc. » (M. Fétis, *Revue musicale*, tome VI, polémique.)

« Le contre-point est l'art de mettre une basse sous un chant et un chant
« sur une basse [2]. » (M. Fétis, *Traité du contre-point et de la fugue*.)

Par celles de ces citations qui définissent les études techniques et par mille
autres que je pourrais faire si j'y étais contraint, il est facile de voir que le
contre-point rigoureux ne peut soutenir le plus léger examen comme satis-
faisant aux conditions générales des études de la composition, et que le
contre-point n'est pas la composition ; en d'autres termes, on voit qu'il y a
composition et composition.

Le célèbre auteur de *la Juive* et d'autres beaux ouvrages, professeur lui-
même de contre-point au Conservatoire, semble avoir eu en vue cette distinction et l'objection qui en résulte : en rendant compte du *Traité de contre-
point* de Cherubini dans la *Gazette musicale*, après avoir fait, dans un style
chaleureux et poétique, un tableau des études de la composition, que nous
regrettons de ne pas reproduire, il s'écrie : « Appelez les études que vous
« ferez *harmonie*, *contre-point*, *composition*, à vous permis ; mais travaillez,
« étudiez, sachez [3]..... »

Je n'ai pas besoin, je pense, de déclarer que j'ai bien la conviction que les
auteurs modernes des traités de contre-point rigoureux ne s'y sont pas trompés et n'ont pas voulu tromper : ils ont voulu être sévères. Ils ont pu l'être
d'autorité et sans discussion dans d'autres temps ; aujourd'hui il y a un danger imminent pour les saines doctrines à ne pas éclairer la question, et c'est
pour ce motif que j'écris.

M. Stœpel, musicien instruit, dans le moment même où il fait en juge
compétent l'apologie du *Cours de contre-point et de fugue* de Cherubini, ne
peut s'empêcher de laisser échapper des aveux qui ne sont pas favorables à
l'étude exclusive du style rigoureux, et qui ne permettent pas de le confondre
avec la composition ; même le passage est écrit avec une sorte de vigueur,
comme qui dirait d'une conviction dont l'expression coule à pleins bords.

---

[1] Je ne puis m'empêcher de dire ici qu'il est des doctrines et des enseignements
qui me semblent justifier mieux cette définition donnée du savoir, que les traités de
contre-point.

[2] Au point de vue du style moderne, quelle basse et quel chant, si l'on conserve
l'harmonie, les mouvements mélodiques et le rhythme du style rigoureux !

[3] Si l'on voulait attacher à ces mots une importance que M. Halevy n'a peut-être
pas voulu leur donner, on pourrait dire que, placé par ses succès et son âge au centre
de l'actualité artistique, et entendant de plus près le bruit de l'opinion, il semble
qu'il ait voulu lui répondre.

« Si nous devons avouer qu'au temps des anciens maîtres des Pays-Bas et
« de l'Italie, l'art musical n'avait pas encore atteint un haut degré de splen-
« deur ; s'il nous faut convenir que ces maîtres, perdant trop de vue le sen-
« timent et l'expression de leurs textes, s'égaraient souvent dans les subtilités
« de l'école au point de rendre les paroles vides de sens, au lieu de donner
« à leur musique l'expression convenable ; s'il est vrai qu'à force de courir
« après des développements ingénieux de l'harmonie extérieure, ils oubliaient
« de donner à leurs compositions le charme du rhythme, de la mélodie et
« jusqu'à celui de l'harmonie intime ; si nous confessons enfin que le des-
« potisme des imitations et des renversements excluait les combinaisons
« harmoniques les plus riches d'effet, et réduisait le langage musical à un
« idiome dont la simplicité doit nous paraître pauvre ; certes, on ne fera pas
« difficulté de nous croire quand nous déclarerons que nous ne voudrions
« pas voir l'art revenir à cette époque. Mais, etc. » (*Gazette musicale.*)

On peut voir encore sur le point que nous discutons en ce moment la préface du *Traité d'harmonie* de Reicha, la page 192 du même traité, et nos citations de son traité de haute composition [1], auxquelles nous ajouterons la suivante :

« On peut objecter avec raison : 1° que les règles pour la fugue dans le
« style rigoureux sont positives [2] et suffisent pour guider l'élève d'une ma-
« nière certaine ; 2° que les licences tolérées dans la fugue moderne peuvent
« induire les élèves en erreur, les habituer à ne pas écrire purement, ou
« au moins les mettre dans le cas de ne pas apprendre à traiter les voix con-
« venablement. Aussi fera-t-on bien de commencer toujours par la fugue
« ancienne, et d'apprendre à la bien faire avant de passer à la fugue mo-
« derne ; et si l'on n'a ni le talent ni le génie de faire de bonnes et intéres-
« santes fugues dans le genre moderne, au moins on aura appris à en faire
« dans le style rigoureux. Une *bonne* fugue dans ce dernier style sera tou-
« jours préférable à une *mauvaise* dans le style moderne. »

Quel honneur pour le style rigoureux ! *Difficile est satyram non scribere !*

[3] Voici quelques points de détail qui s'offrent à ma pensée et sur lesquels
l'élève de l'enseignement ordinaire du contre-point rigoureux n'aura pas
l'expérience suffisante.

Certains accords et certains renversements, que l'élève n'aurait pas l'habitude de traiter, sont absolument nécessaires à l'accompagnement correct

[1] Page 29.
[2] « Ces règles concernent l'harmonie et la manière de faire chanter le voix. Quant
« à la conduite de la fugue, les règles doivent être les mêmes pour la fugue moderne
« que pour la fugue ancienne.
[3] *Gazette musicale*, page 387, première colonne, ligne 8; page 388, première colonne, ligne 28; page 390, première colonne ; page 391, première colonne, dernière
ligne.

et naturel de quelques mélodies et à leur effet rhythmique. Vogler cite
avec raison (*Choral system*) des cas où le deuxième renversement des
accords, interdit dans le contre-point *alla Palestrina* [1], est 1° avantageux (*vortheilhaft*), 2° nécessaire (*nothig*), 3° inévitable (*unvermeidlich*).
L'élève est bien loin d'avoir assez approfondi l'emploi varié de cet important accord; ce qu'on en a dit dans l'harmonie et surtout dans l'accompagnement est insuffisant; sa pratique est trop restreinte même dans le
soi-disant style libre; il faut l'étendre et l'éclairer. Qui n'a remarqué que
l'effet de certaines mélodies réclame impérieusement l'accompagnement
de la septième dominante. Une foule de cas délicats de retranchement de
sons dans les accords, en composant à trois parties, et surtout à deux parties,
n'auront pas été analysés assez profondément — la composition à deux parties du style *alla Palestrina* étant plutôt une combinaison d'intervalles que
d'accords—, un grand nombre de cas impossibles à écrire correctement à
cinq, six, sept, huit parties réelles, sur un sujet donné et avec certaines
conditions, deviennent possibles avec l'emploi des accords de quatre sons;
plus l'élève aura d'expérience du contre-point, plus il aura de préjugés sur
ces cas divers. N'ayant pas opéré assez souvent sur certains accords de quatre sons, il manquera d'élégance dans les mouvements des cadences de plusieurs d'entre eux. Beaucoup de successions modulantes et non modulantes
des accords de trois sons sont bannies du contre-point par la sévérité de la
règle sur les fausses relations harmoniques et mélodiques; où l'élève aura-
t-il appris à les écrire correctement pour le style moderne. L'élève n'aura
pu apprécier assez exactement le nombre de parties réelles auquel on peut
porter les chœurs doubles, et dans quelles circonstances d'harmonie de successions de modulations il est plus ou moins facile de les écrire; les effets
de disposition des voix dans les modulations auront été peu observés ou
point. L'élève sera loin d'avoir connu tous les obstacles; il n'aura pas appris
à les vaincre tous, il n'en aura pas l'habitude. S'il est vrai qu'il faut « se
« familiariser avec toutes les difficultés de manière qu'on se joue avec elles
« et que le sentiment de ce qui est bon et convenable devienne en quelque
« sorte notre manière d'être habituelle » (Fétis, *Traité du contre-point et de
la fugue*), comment et où ce sentiment naîtra-t-il chez l'élève du style
rigoureux au sujet des choses que nos venons d'analyser? Nous rendrons-
nous à cette assertion de Cherubini (*Cours de contre-point (rigoureux) et
fugue*, introduction) : « Le jeune compositeur qui aura suivi avec soin les
« instructions contenues dans ce cours d'études, une fois parvenu à la fugue,
« n'aura plus besoin de leçons; il pourra écrire avec pureté dans tous les
« styles, et il lui sera facile, en étudiant les formes des différents genres de

[1] Je ferai la remarque que le sens harmonique y décèle souvent cet accord dans
l'emploi des notes de passage, en dépit des prohibitions; et je ne manquerais pas
d'exemples à citer.

« composition, d'exprimer convenablement ses pensées et de produire l'effet
« qu'il désire? »

On réplique que c'est dans les classes d'harmonie proprement dite que
l'on enseigne la plupart de ces choses. Je ne pense pas que ce que l'on en enseigne même dans les classes d'harmonie écrite puisse donner assez d'expérience de ces moyens, même en tant que moyens et indépendamment de
toute application, et l'on sait du reste que ce n'est pas dans les classes
d'harmonie que l'on fait l'application des accords et de la modulation à
l'imitation, au canon, au contre-point double, à la fugue.

M. Fétis, dont je ne discute les opinions qu'avec un profond sentiment
de défiance en mes propres forces, et le respect et la reconnaissance que
l'on doit à un tel maître, M. Fétis nous dit (*Méthode d'harmonie et d'accompagnement*, avertissement, page 2) :

« Quant à l'harmonie proprement dite, je la considère sous deux rapports :
« 1° comme moyen d'exciter en nous le sentiment harmonieux par l'usage
« de l'accompagnement du clavier (c'est ce que j'enseigne ici) ; 2° comme
« tableau synoptique des connaissances acquises par l'étude du contre-
« point. »

Ou il y a un autre contre-point que celui des traités du style rigoureux
— ce qui est hors de doute —, ou bien les méthodes d'harmonie qui seraient le tableau synoptique des connaissances acquises par l'étude du contre-point dans ces traités seraient prodigieusement disciplinaires. Que de-
viendrait alors le résultat des savantes et profondes études de M. Fétis sur
les transformations de l'art? où serait la leçon et la place des mille formules
d'harmonie dont on lui devra sinon la découverte, au moins le système? où
apprendrait-on à les manier ?

Je n'ai pas parlé des modulations dites demi-modulations, modulations
passagères, question délicate que l'on effleure à peine dans les cours
d'harmonie, et que l'on a rarement l'occasion de traiter dans un cours de
contre-point rigoureux; je ne dis rien des diverses formes des notes accidentelles, de leurs rapports entre elles et aux notes réelles, de leurs rapports
aux modulations et au rhythme, des accords brisés et des arpéges dont la
théorie a reçu des pianistes une si grande extension : le lecteur voudra
bien réfléchir sur les relations de ces choses à l'objet de la discussion [1].

Il est bien permis de croire que dans les classes de *composition* de l'école
on dit quelque chose sur tout cela, et plus encore aux élèves frais émolus

[1] Pourtant et plus *l'harmonie* nous renvoie au *contre-point*, le contre-point *rigoureux* nous renvoie à *l'harmonie*, alors tous les deux d'un commun accord nous ren-
voient à la *composition* ; mais la *composition* ou ne s'enseigne pas — « Les gens du
« monde disent un *maître de composition* : cette locution est vicieuse, car on n'ap-
« prend point à composer. » (Fétis, *la Musique à la portée de tout le monde*) —, ou bien
nous parlant sous les rubriques de l'*instrumentation*, de *la coupe* et de *la conduite* des

des classes de contre-point [1]; mais le revers de la médaille est que les maîtres chargés de l'enseignement de la composition au Conservatoire [2] n'ont rien écrit là-dessus, pour balancer, par l'autorité de leur nom mis en tête de ces doctrines d'émancipation, l'autorité des codes disciplinaires, ou plutôt pour mettre ces derniers ouvrages à leur place, et, quand ces œuvres s'intitulent quelquefois *Exposé des règles de la composition*, démontrer jusqu'à l'évidence à tous les yeux qu'il y a *composition* et *composition* [3]. C'est ici le cas de regretter que Reicha, qui avait conçu l'importance de cette mission, ait été plus ou moins maltraité et pendant sa vie et après sa mort, et que l'autorité des sévères conservateurs discutant sa doctrine de l'*harmonie* (proprement dite) ait inspiré du doute sur la valeur de ses enseignements de la *composition*.

Il est donc nécessaire, je crois l'avoir démontré, que celui qui a étudié le contre-point sévère, rigoureux *alla Palestrina* et la fugue ancienne, étudie ensuite, dans des leçons et des exercices spéciaux, l'application de l'harmonie et de la modulation moderne et de leurs richesses aux formes conditionnelles du contre-point et à la fugue moderne. Mais il n'est pas moins nécessaire d'étudier le contre-point sévère, rigoureux, *alla Palestrina*, et la fugue ancienne comme exercice utile, comme moyen esthétique, enfin comme objet d'érudition musicale [4]. Quelque expérience que l'on ait pu acquérir dans un genre plus libre et plus moderne, et il n'est point à souhaiter que cette expérience soit acquise à un haut degré avant l'étude du contre-point rigoureux, il est bien difficile, sans un travail spécial, de satisfaire aux conditions sévères de ce style, avec élégance et sans gêne :

morceaux, elle renvoie encore la balle à l'*harmonie*, et surtout au *contre-point*, qui s'abstient et se récuse de nouveau, en tant que et comme *rigoureux*. Où enseigne-t-on donc ce tant et plus dont j'ai parlé assez souvent dans cet écrit ?

« Je suis oiseau, voyez mes ailes;
« Vive la gent qui fend les airs.
« Je suis souris, vivent les rats ;
« Jupiter confonde les chats.
. . . .
. . . .
Par cette adroite repartie
Elle sauva deux fois sa vie.

[1] On voit que, encore ici, je discute avec une entière loyauté, en faisant cette concession : on sait que l'enseignement des classes de composition proprement dite roule sur de tout autres objets. Encore un coup, où se fait donc spécialement l'enseignement que j'ai en vue ?

[2] Méhul, Lesueur, Berton.

[3] *Gazette musicale*, page 388, première colonne, ligne 28; page 391, première colonne, ligne dernière.

[4] *Ib.*, page 389, première colonne, ligne 13.

on manquera de l'habitude du genre, et l'on n'aura pas à sa disposition les moyens d'effets qu'il offre, effets que l'on peut trouver à placer avec avantage. L'influence des études de ce style sur l'art d'écrire pour les voix, et la connaissance de l'effet des masses vocales étant assez sensible, celui qui ne les a pas faites manque d'expérience sur ces choses. Il est juste d'avouer aussi qu'un élève ayant sans cesse sous les yeux des modèles du style moderne, qui est son idiome maternel, a moins de peine à aborder ce style, et dans ses études et dans ses œuvres, après avoir étudié le style rigoureux, qu'il n'en aurait à travailler dans ce dernier style, après avoir acquis toute l'expérience du style moderne. Pour cette cause, indépendamment de quelques autres, et dans l'état actuel des choses et des esprits, l'étude des formes conditionnelles en style sévère, rigoureux, et de la fugue ancienne, sera faite d'abord ; ensuite devront avoir lieu l'étude des formes conditionnelles basées sur l'harmonie, la modulation et la mélodie moderne, et l'étude de la fugue avec les mêmes matériaux; et c'est là l'objet et la conclusion de cet écrit.

Avant de finir cette discussion de la matière et de la forme, il est à propos de faire remarquer que dans les commencements de l'étude de la composition, l'attention est entièrement détournée de l'influence de la forme par les effets de coloris plus inhérents à l'harmonie. Avec plus d'expérience et d'instruction l'on s'aperçoit que dans plusieurs effets qui résultent immédiatement de l'harmonie, la forme, le dessin est une partie influente, constitutive, essentielle de la clarté, de l'éclat, de la force de ces effets. Sans cette forme la mélodie n'existerait pas : la forme que j'ai en vue dans ce moment est le contre-point *simple*, abstraction faite de l'imitation. Quel que soit le style, il est la base de toutes les autres formes, à peu près comme la grammaire est la base de toutes les formes oratoires; son influence, sa réaction sur les idées et la raison musicales ne sont pas moins grandes que celles de la grammaire sur la raison humaine; son essence n'est pas moins naturelle à l'art que la proposition à la vie. On peut juger par là de l'importance du contre-point simple basé sur tous les ordres d'idées musicales, c'est-à-dire sur l'harmonie et la modulation des deux styles : le style ancien et le style moderne.

Quant aux formes conditionnelles de l'imitation du canon et de la fugue, on ne saurait trop en recommander l'étude et la pratique avec l'harmonie ancienne et moderne. On a dit que l'exercice de ces formes —qui comprennent en elles le contre-point simple —était à la composition ce que l'étude du dessin était à la peinture. Ce contre-point simple étant, comme nous venons de le voir, une partie intégrante de l'art, on ne saurait s'y rendre trop habile. Un excellent moyen pour y parvenir est sans doute d'étudier après lui les formes de l'imitation du canon et de la fugue qui, aux difficultés du contre-point simple joignent d'autres difficultés nées de conditions particulières. Les avantages particuliers de ces formes, envisagées comme

moyens, ont été exposés avec des développements suffisants quand j'ai parlé
de la fugue. L'importance de toutes ces études avait tellement frappé les
auteurs des plus anciens traités de contre-point, qu'ils ne cessent de répéter
que l'étude du contre-point, qui les comprend, est la base de toute la composition ; et cependant à l'époque où ces traités furent écrits, l'harmonie et
la modulation avaient déjà fait de grands progrès. Telle a été peut-être aussi,
à quelque chose près, l'idée des auteurs modernes ; il est à regretter seulement que leurs traités ne nous offrent pas les applications en vue desquelles j'écris.

Mais si ces formes conditionnelles sont dignes de toute notre attention
et de tous nos soins comme études, comme exercices, comme moyens d'art
pour la composition moderne, il n'en est pas de même d'elles envisagées
comme but sans relation, et de leur usage isolé, absolu, exclusif. L'art
d'écrire qu'elles constituent est estimable sans doute ; mais l'art de penser
l'est bien davantage.

« Avant donc que d'écrire apprenez à penser. »

« Scribendi recte sapere est et principium et fons. »

Sur cette tendance incessante des maîtres qui ont écrit des traités de
composition à enseigner l'un, la rhétorique, et à négliger l'autre, l'idéologie, la logique, la philosophie, je crois devoir citer ici quelques mots de
l'avant-propos d'un cours de philosophie que j'ai sous les yeux : le professeur adresse une allocution aux élèves de la classe de rhétorique entrant
dans la classe de philosophie.

« Heureux vos maîtres, plus heureux vous-mêmes, si ces leçons ont enfin
« cessé d'être puériles et frivoles ; si l'étude de l'art de bien dire n'a pas
« encore été pour vous une étude de mots minutieuse et l'apprentissage de
« l'art méprisable d'étaler une vaine pompe de langage, de mettre des ar-
« tifices de rhéteur à la place des choses utiles, et d'attirer l'attention sur
« la forme plus que sur le fond, sur les mots plus que sur les pensées !
« Heureux encore, si vous avez contracté l'habitude de regarder le bon sens
« et la raison comme le fondement de toute bonne composition ; si les
« principes en ont été substitués pour vous à ceux d'une rhétorique arti-
« ficielle et scolastique, véritablement propre à favoriser la corruption du
« goût, plutôt qu'à en hâter les progrès ; enfin, si vous avez appris à con-
« naître ce qui est vraiment beau, à l'admirer, et à le distinguer de tous
« ces faux ornements, ces vains brillants, beautés fardées et mensongères
« qui font tant de dupes ! » (*Programme d'un cours complet de philosophie,
par M. Gatien Arnoult*, avant-propos.)

Il est temps de borner ces considérations et de les résumer ; les points
principaux sur lesquels j'ai appelé successivement l'attention, sont les suivants : les doutes, les erreurs et les dégoûts de l'élève dès l'abord de l'étude
du contre-point ; j'ai montré leur cause dans le sens confus et variable du

mot *contre-point*, et surtout dans ce fait particulier que l'élève confond le contre-point avec la composition, des études de laquelle il n'est qu'une partie. Entrant dans la discussion des restrictions, dans la matière et la forme, dans les cours de contre-point, je l'ai considéré, 1° comme étude historique, archéologique, comme objet d'érudition ; 2° comme genre, comme style, possédant des qualités esthétiques et techniques propres ; j'ai montré quel intérêt offrent ces points de vue pour justifier dans l'esprit de l'élève les prohibitions au sujet de la matière et de la forme dans le contre-point. Au sujet du contre-point rigoureux, j'ai dû faire remarquer la confusion qui résulte des doctrines de M. Fétis sur l'harmonie de la quinte mineure, comme caractéristique de la tonalité moderne, et l'emploi de cette harmonie dans les compositions de l'école romaine ; j'ai dû insister sur ce point, la différence des tonalités me paraissant être la seule cause raisonnable et admissible de la distinction des styles, à moins que l'on ne fasse rapporter le mot style aux époques de l'histoire de l'art, au génie particulier de chaque artiste, aux usages de telle localité ou institution dans cette localité, auquel cas la division des styles serait infinie. J'ai dit les causes pour lesquelles on doit regretter que les auteurs modernes des traités de contre-point aient banni de leurs leçons les plain-chants de l'église, et je leur ai reproché d'avoir — conservateurs qu'ils sont — discrédité ce style. J'ai discuté les formes mélodiques du style *alla Palestrina*, et j'ai fait remarquer que s'il existait une force esthétique dans ces formes, uniquement, ces mêmes formes appliquées à une autre tonalité reproduiraient cette même force esthétique. J'ai signalé les qualités techniques de ce style, j'ai fait quelques remarques sur la facilité d'intonation, en tant que servant d'étais à ce style. Considérant ensuite le contre-point comme exercice, comme discipline à laquelle on soumet l'élève, j'ai fait voir jusqu'à quel point les restrictions et les prohibitions des cours de ces traités de contre-point dans les accords et la modulation, sont nécessaires ou utiles dans l'étude; j'ai considéré pour cet objet le matériel technique dans plusieurs de ses relations, le contre-point simple, l'imitation, le contre-point double, la fugue; j'ai fait sentir l'utilité de ces formes. Après avoir reconnu et signalé ce que la méthode dans les exercices du contre-point possède d'avantageux, j'ai conclu que son étude était utile, nécessaire ; mais qu'au point de vue du contre-point comme exercice, il ne fallait considérer ses restrictions et ses prohibitions techniques que comme une discipline, un régime auxquels on soumet l'élève pour un temps.

Abordant ensuite directement la critique du contre-point, j'ai d'abord parlé de la nomenclature musicale qui s'y rapporte, et en particulier du danger qu'il y a à faire le mot *contre-point*, synonyme de *composition*. Entrant après dans la question des rapports du contre-point à l'harmonie et à la modulation modernes, j'ai dit que la raison musicale plus formée, et le sentiment et l'amour de la couleur en musique avaient fait allier depuis longtemps, dans des ouvrages de maîtres célèbres, les formes conditionnelles du contre-point aux richesses de l'harmonie et de la modulation, et qu'il était indispensable d'appliquer, dans les études du contre-point, ces trésors de l'harmonie aux formes de l'imitation et de la fugue : j'ai dit que cette alliance était possible ; je l'ai discutée dans le contre-point simple, l'imitation et la fugue, au sujet de laquelle j'ai dû faire quelques reproches aux auteurs modernes des traités de contre-point. J'ai conclu à l'insuffisance des traités de contre-point sévère, rigoureux, en tant que l'on envisage le contre-point comme exercice d'école, ou comme étude seulement — abstraction faite des autres points de vue ; — j'ai signalé quelques points de détail qui réclament impérieusement dans les études d'école l'application de l'harmonie moderne aux formes du contre-point. Toutefois, j'ai dû insister sur la nécessité de faire une étude spéciale du contre-point sévère, rigoureux, comme moyen esthétique et aussi comme exercice. Enfin, tout en faisant sentir l'importance de la couleur qui réside dans l'harmonie, j'ai insisté sur la puissance inhérente à la forme qui est l'essence de l'art. En regard de la forme naturelle de l'art qui n'est en définitive autre chose que la mélodie, j'ai placé les formes conditionnelles ; j'ai dit qu'elles devaient être considérées comme moyen et non comme but. J'ai terminé par quelques citations sur la rhétorique comparée à la logique ou mieux à l'idéologie, qui m'ont paru être là à leur place.

Mon but a été de détruire les doutes, les erreurs, les préjugés qui font nier la nécessité et l'importance des études du contre-point et de la fugue ; mon intention formelle a été de recommander et d'honorer ces études ; je puis protester de la droiture et de la sincérité de mes vues : puissé-je n'avoir pas fait plus de mal que de bien !

Si je me suis permis de tirer ouvertement quelques conséquences, quelques conclusions, c'est parce que tout le monde n'a pas sous la main les livres et les œuvres nécessaires pour arriver à ces conclusions par l'observation et l'expérience ; et parce que, pour ceux qui ne peuvent pas faire ces observations et ces expériences, ces conséquences, embarrassées qu'elles sont dans le conflit des faits et de l'autorité, sont assez difficiles à tirer, quelque simples qu'elles paraissent.

On m'objectera qu'il vaudrait mieux que l'élève ne fût pas instruit de tout cela ; je sais que l'on a écrit dans une polémique qui touche à cet ordre d'idées et au sujet du traité de contre-point de M. Cherubini : « M. Cherubini ne discute pas avec les élèves, il dicte des lois, il faut avoir foi en lui. » Lorsque l'on est Cherubini [1] on peut, on doit ne pas discuter avec son élève; mais comptez ceux qui ont ce glorieux droit, auprès de ceux qui sont forcés à la discussion, parce qu'un grand nombre d'élèves, comme on le sait assez dans les écoles, ne résistent pas aux dégoûts que leur inspire l'abord des études du contre-point.

Aimerait-on mieux qu'ils emportent dans le monde et communiquent la

---

[1] Voir la note page 2.

conviction dangereuse que l'étude approfondie de la composition devient tout à fait inutile pour le style moderne ; et que dans le cri de réprobation que leur arrache le *contre-point rigoureux,* — parce qu'il ne leur est pas assez défini — le public inexpérimenté comprenne l'*harmonie,* la *modulation,* la *fugue,* le *rhythme,* l'*instrumentation,* la *composition proprement dite,* etc. ?

Le seul moyen de dissiper l'erreur m'a paru être d'en appeler à la raison et de parler avec franchise.

FIN.

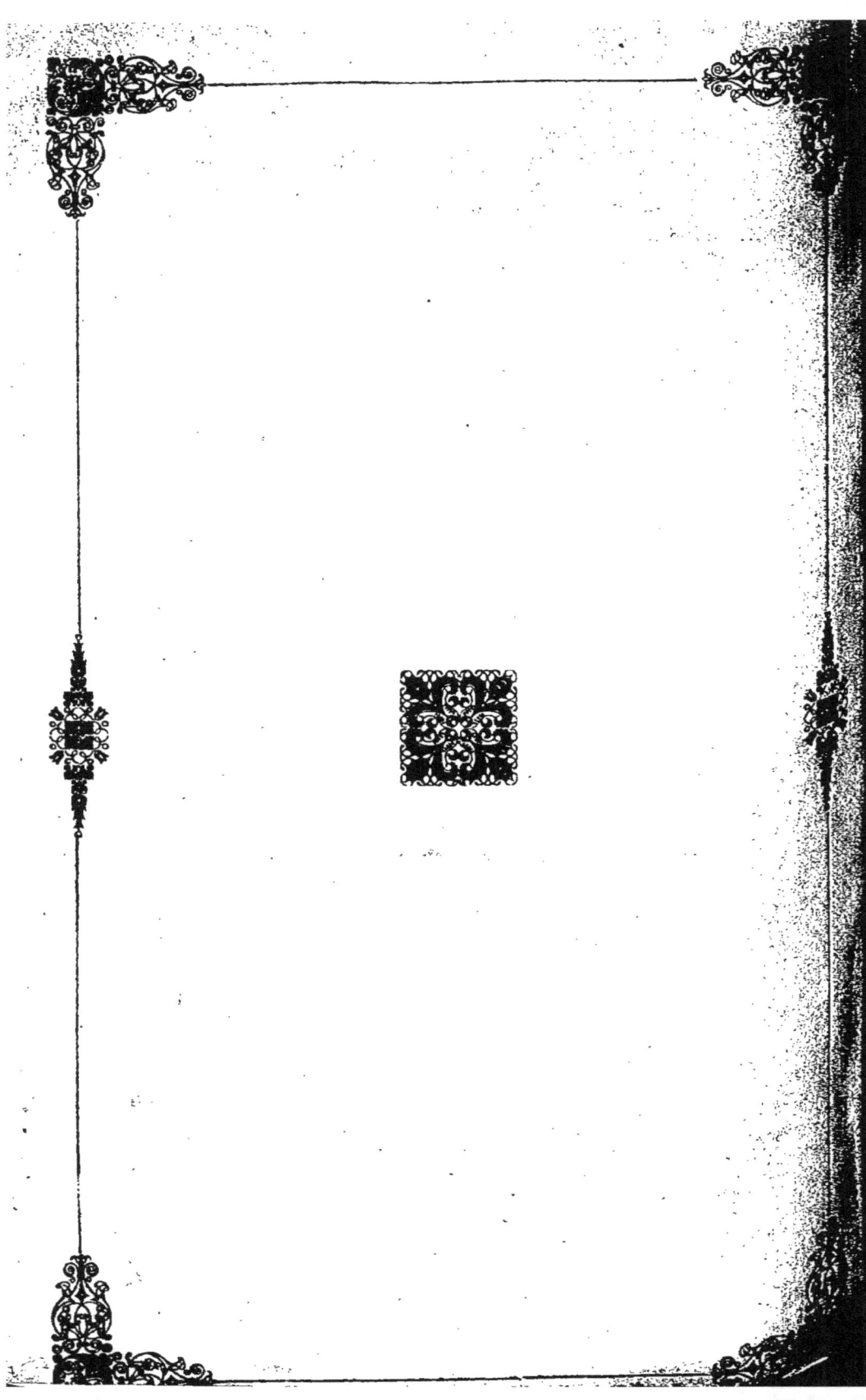

www.ingramcontent.com/pod-product-compliance
Lightning Source LLC
Chambersburg PA
CBHW061644180626
46818CB00003B/955